集英社オレンジ文庫

京都左京区がらくた日和

謎眠る古道具屋の凸凹探偵譚

杉元晶子

本書は書き下ろしです。

京都左京区がらくた日和

謎眠る古道具屋の凸凹探偵譚

杉元晶子

プロローグ

「へんなおっちゃんがきてん」

私が高校から帰るなり、ひとりで留守番していた小一の妹があどけない口調で言った。

六月下旬。どしゃぶりの通り雨がやんだ夕方のことである。

妹はインターホンモニターを指さした。録画ランプが、チカチカ点滅している。

うちは京都市内とはいえ、滋賀との県境にそびえたつ比叡山《ひえいざん》が窓から見えるような田舎町だ。みんな顔見知りばかりで、不審者がいたらすぐ噂《うわさ》になる。

きっと配達か営業マンだろうと思いつつ、私は再生ボタンを押した。モニターに映し出された、たった十秒の映像。

音声は、激しい雨音だけ。

大振りのサングラスで目元を隠し、口の周りには無精《ぶしょう》ひげ。右手には黒い傘を差して、左手にはコンビニ帰りらしいレジ袋をぶら下げた大柄な男。猫背な分を差し引いても、百八十センチぐらいはあるだろうか。半袖《はんそで》短パンのラフな服装のせいか、大学生にも三十代にも見える。どちらにしても、小一の妹からすればまさしく「へんなおっちゃん」だ。

映像を見る間、私は無意識のうちに、妹の小さな体を抱き寄せていた。

こういうとき、家に大人がいないのは不安だ。

両親が共働きで、日中は子どもだけ。私を含めて五人兄弟。上から、高一の私・中二の弟・小二で双子の弟たち・小一の妹。帰宅時間もバラバラ。私だって、ずっと家にいられないし、そもそも高一女子の平均体型の私では、防犯に役立つとは思えない。

怖くなって、お隣の田中《たなか》さんにも見てもらった。私より小柄なおばあさんだけど、町内会の役員をしていて、情報通。何かと頼りにしている。

田中さんは小さなモニターに顔を近づけたまま、言った。

「これ、裏の空き家に入らはった人やわ。石《いし》……なんやったかな？　石川《いしかわ》？　石原《いしはら》？　古道具屋かなんかやるらしくて、見た目はこんなやけど、悪い感じはせえへんかったよ」

情報がふわふわしすぎて、いまいち安心できない。

心配なのは、小二の双子の弟たちが石なんとかさんと、ばったり出くわすこと。ヒーローに憧れる彼らには、パトロールごっこの前例がある。石なんとかさんと出会った途端、退治しようとするかも。加減を知らないガチパンチは痛い。

たとえ悪い人じゃなくても、きっかけ次第で、どうなることか……。

ささいなご近所トラブルから、殺人事件に発展したニュースを今朝見たばかりだ。

嫌な想像ばかりが次々と浮かぶ。

田中さんに妹を預け、勇気を出して店に行った。

両親が不在の今こそ、お姉ちゃんの私がしっかりしないと。

石なんとかさんの店は、我が家のほぼ真裏に位置していた。五年前まで営業していた理髪店の外観そのまま。赤・白・青のサインポールも健在だ。開放的なガラス戸の内側にはカーテンがかかり、中が覗《のぞ》けないようになっている。昔は白かった壁も、雨風にさらされて薄汚れた灰色に。

看板代わりなのか、日付が透けている薄紙のカレンダーの裏に『古道具屋石川原』と書いて、ガムテープでガラス戸に貼りつけてある。

この名前、なんて読むんだろう？　素直に、いしかわらと読んだらいい？　田中さんが覚えられなかったのも無理はない。あまり見ない名前だ。

せっかくの屋号を水性ペンで書いたらしく、インクがにじんでいた。しかも、薄曇りの空が暗い影を店に落としている。

どっからどう見ても、うさんくさい。

両親の帰りを待つか、せめて中二の弟を連れてくればよかった。でも援軍を待つ間に、双子の弟たちが石川原《いしかわら》さんを見つけてしまうかも。正直、田中さんの情報よりも、弟たちの悪ガキっぷりに信用を置いている。

おそるおそるガラス戸を開けると、店内にいた相手と目が合った。サングラスをかけていないものの、顔の輪郭《りんかく》や無精ひげがモニターで見たのと同じ。瞳は意外につぶらだった。個性派俳優にいそうな顔だ。

おやつ中だったらしく、見覚えのある三角――京都銘菓おたべの端っこが、するりと口に入っていく。

私がポカンとしていると、彼はこっちにおたべの箱を差し出した。

「食べる？　……俺の夕飯だけど」

いらないし、もらいにくいよ！　私が無言だったのが気まずかったのか、ぼそりと付け足した。

「本当は引っ越しの挨拶《あいさつ》用に買ったんだけど、留守で」

じゃあうちのじゃん。っていうか、京都人に京都土産を持ってくるなよ！

……なんか、もう。

ツッコミどころが多くて、面倒くさい。

けど、挨拶にちゃんと来るあたり、悪い人ではなさそう？

うちへの手土産を食べているのを見てしまうと、名乗るタイミングをなくしてしまった。

ちょっとした好奇心で、私は店内をぐるりと見回した。京都の古道具屋さんに抱いていたイメージは、それこそ、茶道具・屏風《びょうぶ》・掛け軸《じく》などの名だたる品々。予想のつかない金額。物がわからない素人でも、一目で価値がわかるホンモノ。

でも、ここはなんていうか……、悪い意味で予想を裏切らない。手作りっぽい棚は、夏休みの工作クオリティ。並ぶ品々も、ガラクタに見える。それを好意的にたとえるなら、テレビで見たパリの蚤《のみ》の市。素人にはわからない名品が埋もれている。

おかしのおまけより安っぽいエリマキトカゲのフィギュアも、おそらく価値があるんだろう。私がブランド名の刻印とかシリアルナンバーを探していると、間延びした声で石川原さんは言った。

「それ、百円でいいよ」

うん。見た目通りの価値だった。むしろ、割高にさえ感じる。フィギュアを棚に戻し、帰ろうと思ったそのとき、ある物が目に留まった。

二階へ続く階段の途中、十数冊の古いノートが古紙回収に出すときみたいに、紐《ひも》でひとまとめにして置かれている。まさか、と思いつつ、念のために聞いた。

「……もしかして、あれも売り物なんですか？」

「うん。千円。でも、何が書いてあるかわかんないよ。開けてないから」

「わからないのに仕入れたんですか？」

私が驚いて聞き返すと、なんでもないことみたいに石川原さんが答えた。

「この状態が絵になると思って」

たしかに独特のオーラだ。だから私も惹《ひ》かれたんだろう。……でも開けたい。中身を知りたくてウズウズする。

保存状態はよくなかったらしく、ノートには表紙がない。紙が数年でここまで茶色く日焼けするとは考えにくかった。少なく見積もって、十年物。

未開封のノートの束。

作者不明。

内容不明。

そんなあやしさに、ミステリファン心がくすぐられる。

あー、どうしよう！

お小遣いで買える金額だけど、千円あればケーキセットが食べられるし、カラオケにだって行ける。

そりゃあ、宝の地図が出てくるとは思ってない。そもそも白紙だったら？　いや、日本語で書かれているかさえわからない。でも、そんなマイナス要素が私には魅力的に映った。日常の謎ミステリであんなに夢焦がれたシチュエーションが、今、目の前にある。

購買欲と理性がシーソーみたいに揺れ動く。

思いつめた私はすがるような顔で振り返った。

私の秘宝ロマンをわかってくれるのは、このノートの束を仕入れた人だけ。期待を込めて石川原さんを見つめる。すると彼は、おたべに伸ばしかけた手を引っ込めた。戸惑ったような表情で、「食べる？」とまた箱を差し出してくる。私はかぶりを振った。欲しいのはそれじゃない。

お客さんでも来てくれれば、そのタイミングで退店しやすいのに、そんな気配はぜんぜんない。それどころか、ザーッと雨が降り出す音が聞こえた。

――こんな迷うくらいならいっそ。

ふとした思いつきに自分でも笑ってしまいそうになった。でも、こんな機会は二度とない。

清水《きよみず》の舞台から飛び降りるつもりで言った。

「内容に興味はありませんか？　私が買って、この場で開けたら読みます？」

自分ひとりで読むと思えば、手を出しにくい。でも、あやしいお店であやしい商品を買って、あやしい男と読む。そんなレア経験を買うと思えば、千円の元が取れる。というか取る！

もしかしたら、内容不明のノートと出会うよりも、まれかもしれない。

意気込んだ私に対し、石川原さんはなぜかノリ気じゃなかった。

「興味はあるけど、つまんない内容だったら、売ったことに罪悪感が出ちゃうから」

「ふたりだったら、つまらないほうがおもしろいです！」

私がそう言い切ったら、目を丸くされた。たしかに支離滅裂。自分の関西人ノリが、今になって恥ずかしい。

言葉を補うならば、「（ぜんぜん知らない人と）ふたり（で読むん）だったら、（たとえば落書きばっかりの）つまらない（内容の）ほうが（この状況をのちのち笑い話にできて、ネタ的に）おもしろいです！」となる。

でもわざわざ言い直すほどの勇気もなく、私は千円札と交換にハサミを受け取った。

てっきり、ノートの束を結んだ紐が簡単にほどけないほど、固結びしてあるんだと思った。でもハサミを入れる前に一応、蝶々《ちょうちょ》結びの紐をつまみ、引っ張ってみる。

まるで、この瞬間を待ち望んでいたかのように、すっとほどけた。

一章

名なしの日記

1

これは運命の出会いだ。

古いノートから顔を上げ、私、間山雛子《まやまひなこ》は確信した。

ノートは二種類。大学ノートに書かれた日記が十一冊と、小さなお小遣い帳が四年分。日付がなんと、昭和十六年から十九年。

この年代は、教科書でしか知らない。しかもこれを読めば、教科書には書いていない情報が手に入りそうだ。

日記の作者は、高等女学校の生徒。てっきり高校生かと思ったら、中学一年から高校一・二年までを対象にした学校のことらしい。なんとなく見覚えのある校名は、私の通う高校の前身校だった。

出てくる地名も、四条《しじょう》や堀川《ほりかわ》を筆頭に京都市内。移動手段は、大阪・京都・滋賀に路線を持つ私鉄の京阪《けいはん》電車だ。

つまりこれは、京都に暮らす女学生の日記。

私の先輩にあたる人の、学生時代の日記を偶然手にするなんて、どんな途方もない確率を引き当てたんだろう！

女学生目線での生活感にあふれる記録は、歴史の中に埋もれた事実を伝えてくれる気がする。

どんな秘密が書かれているのかな？　知るのが怖いような、それでいて世紀の大発見をしたような誇らしい気分で、たまらなくワクワクする。

日記で使われている漢字は旧字体。『いふ』とか『やうだ』とか、言葉遣いが古めかしく、鉛筆で書かれた薄い文字も読みにくい。それでも舞台が身近な分、内容を想像で補えた。

平成生まれの女子高生である私にとって、戦前ははるか遠い昔に感じられた。

「戦前じゃなくて、戦中じゃない？　第二次世界大戦は一九三九年から四五年だから、元号に直すと昭和十四年から二十年」

私の感想にツッコミを入れたのは、古道具屋の主人、石川原郷《いしかわらごう》さん。

彼の店でノートを買ったはいいけれど、その日はひどい雨だったし、持ち帰っても置き場がないので、店で預かってもらっていた。律儀なのかなんなのか、私がいないときは読んでないみたい。

学校帰りに店に寄ると、住居兼用だったころの名残だろうか縁側をすすめられた。親切心だけじゃなく、自分が早く続きを読みたいからだろう。私もずっと読みたかったけど、月初めの試験がおわるまで我慢していた。

私が通う高校は大学みたいな二学期制。中間・期末試験が一年を通して二回ずつしかない代わりに、ちょくちょく模擬試験がある。

七月になっても、梅雨《つゆ》明けの気配はない。わずかに吹く風も、湿気をはらんでいる。これこそ、悪名高い京都の夏。私は肩にかかる髪をポニーテールに結び直した。

縁側に座ると、ブロック塀の向こうに我が家が見える。ふと思いついて、聞いた。

「声、うるさくないですか?」

「慣れてるから」

ってことは、うるさいんだ。

郷さんが我が家の裏に引っ越して、はや二週間。今では、「雛ちゃん」「郷さん」と呼ぶ間柄だ。

郷さんの出身は青森で、大学は京都だったらしい。卒業後は、骨董《こっとう》の師匠がいる神戸《こうべ》で古道具屋を開いたけど、三年目の今春から賃料の値上げで家主と揉《も》め、新天地を探していたそう。

「人嫌いだから、人付き合いがへたで」

うちに二度めに来たとき、郷さんはそう言った。やはり京都銘菓おたべを持って。

ツッコミ待ちとしか思えない発言だったが、私の両親は彼の人となりを知らないから、ただ苦笑いを浮かべた。両親がいる手前、私は何も言わなかったけれど、「人嫌いなら、なんで接客業を選ぶんですか？」と聞きたかった。

ミステリ好きな私と、いわくありげなきわもの好きの郷さんとは波長が合う。ノートの紐《ひも》をほどく前はノリ気じゃなかったくせに、いざ開けたら、私より熱心に読み出した。

ツッコミどころは多くても、嘘《うそ》がない人だと思うから、私も素直になれる。

縁側で日記を読む間、ずっと顔を伏せていたせいで、首の裏が痛い。首を回せば、ゴキゴキ音が鳴る。

郷さんを振り返ると、レジの奥で椅子《いす》に腰かけたまま、膝《ひざ》に置いた日記を読みふけっている。言葉を味わうように、眼球の動きがゆっくりだ。

私の視線に気づいているのか、いないのか、ポツリと言った。

「れいこ」

ん、れいこ？

実は日記の作者の名前は不明だった。一人称で書かれているので、ひらがなの『わたし』で統一されている。

「れいこさんっていうんですか?」

郷さんの手元を覗《のぞ》こうとすると、キョトンとした顔をされる。

「石川原だけど?」

「……あなたじゃなくて」

「え、まさか……、幽霊の隠語? トイレの花子《はなこ》さんみたいなやつ?」

そう言って、気味悪そうに郷さんは顔をゆがめた。

ぜんぜん話が噛《か》み合わない。

「今、れいこって言いましたよね? 作者の名前が見つかったのかと思ったんです」

「あー、そっか。いや、れいこ違い。冷たいコーヒーのこと。ここに、『冷コーヒ』って書いてある」

なーんだ。

「冷コーって、関西の人は言うよね。特に中高年? 今でいう女子中高生の作者が似たような呼び方をしていることに違和感があったけど、年代的にいえば、ふつうなのかな。雛ちゃんはアイスコーヒーのこと、どう呼ぶの?」

「アイスコーヒー」

素直に答えると、鼻で笑われた。ふつうのやつじゃん、と目が言っている。何か言い返してやりたくて、考えを巡らせる。

あ、そうだ。

「口語として書いたんじゃなくて、メニュー表通りに書いたのかも。これだけの量の日記を毎日書くだけでも大変なのに、作者は誰かと文通もしていたみたいです。お小遣い帳には切手代が何度も出るぐらい、筆まめで几帳《きちょう》面な人だから、ふだん使う言葉じゃなく、正式名称を記述したんです」

我ながら名推理だと思ったものの、しかし郷さんは首をかしげ、

「筆まめはともかく、几帳面？」

「天気と起床・就寝時間まで書いてあるでしょう？」

「学校に出す宿題だからじゃないの？　たぶん」

郷さんはページをめくり、「この赤字」と走り書きされた赤字の日付を見せる。

「担任が日記をチェックした日付じゃないかな？　誤字の訂正がされた箇所《かしょ》もあったよ」

説得力はある。でも、おかしなことに気づいた。

「……これ、私が買った日記ですか？」

「日記買取専門店じゃないんだから、そんな何個もないよ」

「だって、私が読んでいるノートと文体が違う」

ほら、と言って、お互いの日記を交換した。

郷さんが読んでいた日記は、インクで書かれているので読みやすいし、文体も力強い。たとえばこんな感じ。

今日は三年生以下、桂《かつら》の農耕地へ作業に行くのだ。八時に校庭に集合し、人員点呼のあと、小隊別に整列して出発する。今日もまた草刈り。細かい雨がちらつく。

私のなんちゃって口語訳だと誤訳もありそうだが、別の日には授業内容だけじゃなく、当時の戦局にいたるまで、事細かに書かれている。女学生というより、軍人っぽい。でも私が読んでいた日記は、もっと情熱的だ。勢いのまま、斜めに走り書きしているページもある。

清水《しみず》さんと目が合ったの。わたしを見て、大きな口を開けて笑われたのよ!

まさしく、恋する乙女。女言葉での熱っぽい語り口調は、当時の流行小説の影響がうかがえる。

「提出用と自分用があったってことですか？」

私の思いつきを検証すべく、ふたりがかりで日記を調べ直した。赤字が入っている学校提出用が八冊、誰にも見せるあてのない自分用が三冊。

時系列順に並べると、学校提出用は昭和十六年の入学式から始まっていて、自分用は昭和十八年の五月から。同じ日付の日記を、両方のノートに書いている日もある。

「よっぽど、書くのが好きだったのかなあ」

と、郷さんは言うけれど、私は別のことを思った。

十代らしくない文体は、学校に強《し》いられたものじゃないのか。作者が理想の優等生を演じ続けるためには、本音を打ち明けられる場所が必要だった。

文献としては、当時の教育や世相がうかがえる、提出用の日記のほうが価値は高そうだ。でも私は、自分のためだけにつづられた日記に惹《ひ》かれている。

公用と私用。

言わずにいられない、本音。

本当の自分。

それはきっと、私も探しているものだから。

妙にしんみりしていると、塀の向こうから大きな物音がした。ドアが乱暴に開閉され、ふたり分の足音。

「ただいまあ！　あれ、ひなちゃんおれへんの？」

「おやつはー？　ひなちゃーん！」

ほんと、声がよく響く。しかも双子の弟たちは私を探すより、大きい声を出すほうが楽しくなったらしい。ひなちゃん、ひなちゃんとうるさい。

ひとまず、提出用と自分用の日記を一冊ずつ、鞄に入れる。

「……すみません、帰ります。ノートの置き場をちゃんと作るんで、残りはもうちょっと置かせてもらっていいですか？」

店の品物が前回来たときよりも増えている。いつまでも甘えていられない。でも郷さんは、気安くうなずく。

「そういえば、雛ちゃんは関西弁じゃないよね。敬語だから？」

そんな何気ない問いかけに、私の口は凍った。いろんな思いが頭を駆け巡る。でも結局出たのは、あたりさわりのない一言。

「そうですね」

県外の人が京都に持つイメージは、歴史ある町だろう。実際、重要文化財も数多い。

でも私からすれば、さまざまな人や文化が集まる町だ。

特に左京区《さきょうく》は、京大《きょうだい》を筆頭に多くの学校がひしめく、京都市内でも有数の学生街。昔ながらの伝統を守る生真面目さと独特なゆるさが同居する。だから郷さんみたいな店も許される。

私たちが暮らす岩倉《いわくら》は、左京区でも中部に位置し、昭和二十四年から京都市に編入された。大原《おおはら》や鞍馬《くらま》に囲まれ、京都盆地の中でさらに小さな盆地。観光ガイドでは忘れられがち。いい意味で京都らしくない、牧歌《ぼっか》的な雰囲気だ。

私の父は和歌山出身で、母は大阪。

関西弁とひとくくりに言っても、二府五県の人全員が、同じ言葉を使うわけもない。出身や来歴が違えば、イントネーションも違う。

たとえば、一人称の「ウチ」でさえ、京都は「チ」にアクセントを置くし、大阪は「ウ」にアクセントを置く。

その違いを教えてくれたのは、小四のときのクラス委員長だった。

「ちょっとおかしいんと違う？　間山さんの言うこと、たまにわからへんわ」

老舗《しにせ》料亭の孫娘である彼女は、家で礼儀作法を厳しくしつけられているせいか、他人の言動さえ気になるみたいだった。

朝の会での礼の角度に始まり、給食時間には箸《はし》の持ち方、掃除時間にはぞうきんの絞り方にいたるまで、教室の全員が彼女に何かしら怒られている。しかも担任教師がいないところで、チクリチクリとやる陰湿さから、ついたあだ名は、小姑《こじゅうと》。

すぐに私の言葉遣いが小姑レーダーに感知され、英語教師が発音を教えるのと同じ要領で、一年間、ほぼ毎日、発音を正された。

それ以来、人前で話すことが怖くなった。特に、京都人の前では。

クラスカーストにおける、人気者だとか、スポーツや勉強ができる以外にも、京都人のランクが存在する。

京都に生まれ、京都で育っても、先祖代々京都在住でなければ、ホンモノの京都人じゃない。

今は、家族や親しい友人の前以外では、標準語。

だからこそ私は、言葉が気になるのだろう。無意識につむがれた、自分の言葉。

もうすぐ、元号も変わろうとしているというときに、昭和時代の遺物を平成生まれの私が受け取った。そこに、なんらかの意味を感じてしまう。

……でもその意味を知るためには、まず旧字体や癖字を攻略しないと。

難易度が高ければ高いほど、死体を前にした探偵気分で、不謹慎だけどワクワクする。そして、探偵には助手役が必要だ。

歴史上の偉人でもない人の日記を解読しようなんて物好きが、私や郷さん以外にいるだろうか？　実は、心当たりがある。

夕食後、友達に電話をかけた。及川薫《おいかわかおる》。中学時代からの同級生で、昭和の文豪好き。私は現代語訳しか読まないけれど、彼女は原文で読む。高校では歴史研究会に所属しているし、手伝ってもらえたら、これ以上心強い相手はいない。

挨拶《あいさつ》もそこそこに私は切り出す。

「戦時中に書かれた京都の女学生の日記って興味ある？」

「ある。めっちゃ読みたい」

即答だった。

「でも、偉人じゃなくて、ふつうの人。しかも、言葉遣いや漢字も古くて」

「どんとこい」

友よ。

明日の昼過ぎにファミレスで集まる約束をして、電話を切った。

集合前に古道具屋石川原に寄って、ノートを全部持って行くつもり。

2

翌日、開店時間の正午になっても古道具屋石川原は開かなかった。ガラス戸には内鍵がかかったまま。臨時休業かと思って、スマホでホームページを見たけど、更新されてない。念のため、電話をかけてみると、店内でベルが鳴り響く。

ほどなくして、バタバタと階段を下りる音がして、内側からガラス戸が開いた。郷さんが目をこすりながら顔を出し、あくびまじりに言った。

「寝てた」

でしょうね。

「おはようございます。ノートを取りに来ました」

「部屋、片付いたんだ？　早いね」

う。それはまだ。

「友達と一緒に解読しようと思って。何かわかったら知らせますから」

弁解するように言いながら、私はリュックにノートを詰め込んだ。まだ夢の中にいそうな顔で、郷さんは「そう」とだけ言った。なーんか、危なっかしいなあ。

「眠るなら鍵をかけてくださいね！　強盗に入られて困るのは郷さんですよ」

釘《くぎ》を刺してから、店を出る。

気になったものの、待ち合わせ時間が迫っているので、自転車を思い切り漕《こ》ぎ出した。カゴに入れたリュックの重さで、ふらつく。

薫は私が自分の言葉を話せる、数少ない友人だ。ファミレスでテーブルを確保していると、すぐに彼女もやって来る。……なぜか、他校の制服姿で。

「ごめん、待った？」

「そんな待ってへんけど、……それ、なんなん？」

「制服のこと？　女学校の学生さんやて聞いて、女子校の制服着てみてん。あ、ホンモノやなくて、それっぽくしてみただけ。かわいいない？」

「かわいいけど」

私たちが通う高校の制服はブレザーだけど、薫が着ているのはセーラー服。私だって憧れる気持ちは、少しある。

薫と私はいろいろ正反対だ。

帰宅部の私と、先輩から信頼されている薫。

五人兄弟の私と、ひとりっこの薫。

髪がボブな私と、ショートの薫。

私が女子グループのちょっとした面倒くささに疲れていたころに、薫と出会った。周りからの評価を気にしない、はっきりした性格の彼女は、自由人という意味で郷さんと少し似ている。

ドリンクバーとランチを注文し、私はリュックからノートを取り出した。

「これなんやけど」

「見せて見せて」

友達とはいえ、自分の好きな物を見せるときは、ちょっと緊張する。つまんないと言われるのが、怖いから。

芝居がかったことが好きな薫の興味をくすぐるため、言葉を選ぶ。

「日記の作者は名前不明。文中の記述から、ふたり姉妹の妹。昭和十六年の時点で女学校の一年生だから、当時十二か十三歳？　古道具屋で投げ売りされているところを発見」

「なんか、刑事ドラマで見たことある感じやね。ガイシャ（被害者）？　それともホシ（犯人）？」

「しいて言えば、ガイシャかな？　他人に日記を見られているから」

「なんで、日記を手放すんやろ？　捨てるんやなくて、売るなんて」

「売ったのは、遺族かも。文献としての価値がありそうやし、捨てるにはもったいないと思った、とか？」

と、答えながらも疑問は残った。

内容に価値があると思っているならば、なぜ、紐で結んだ状態で売ったんだろう？

持ち主が古紙回収に出した物を他人が拾って売っちゃった、という線もあるが、この謎もおいおい解く課題にしよう。

すぐにランチプレートが運ばれてきたけど、そっちのけで薫は日記を読んでいる。すっかりハンバーグが冷えたころ、言った。

「おもろいなあ」

よし！

「おもろすぎて、ちょっと悔しい」

「なんでよ？」

「自分で見つけたかったたってこと。これを売ってた古道具屋って、どんな店？」

私は、郷さんと出会った日のことを話した。「変な人」やら「不審者」という単語が出るたび、薫の顔が嫌そうにゆがむ。ちょっとオーバーに脚色しつつ、聞いてもらった。

薫が食いついたのもやはり、日記が二種類あったところ。といっても、提出用のほうが気になるようだ。

「この、ハサミでパッンと切られているページがさあ、言論統制の縮図っぽくてよくない？」

さすが、目の付け所が違う。

日記に関する疑問点を聞いてみた。

「書の授業？　勉強？　がよく出てくるんやけど、ちょっと文脈がおかしくて」

「どれ？　……ああ。書じゃなくて、『晝』。昼の旧字体」

「なるほど。お昼前って読むんか。じゃあ、『S』に見えるこの字は？」

「これは、Sやね」

「……S？」

私的な日記にたびたび出てきた単語だ。

たとえば、『清水さんにSは、いるかしら？　わたしがなれたら、どんなにしあわせか！』というふうに。

恋する女学生日記が、途端にハードな性癖暴露に見えてくる。そんな私の心情を見透かしたように、薫が言った。

「SMとは違うよ。女の子同士の友情のこと。といっても、ただの友達やなくて、もっと親密な。『Ｓｉｓｔｅｒ』の頭文字を取って、Ｓ。戦前から流行したらしいよ」

それはそれで、びっくりする風潮だ。一度は納得しかけたものの、新たな疑問に気づく。

「もしかして清水さんって、女？」

「そうやと思うよ。学校で会うてるし。先生やないなら、女学校の先輩やないの？」

「男の人やと思ってた」

作者は放課後の教室で相性占いするほど、熱が入っている。

「けど、雛子はそういう気持ちがわかるんと違う？　お姉ちゃんに憧れへん？」

「お姉ちゃんはわかるけど、……お姉さまは」

それにしても、薫の読解ペースは期待以上に速い。これでようやく、本題を切り出せる。

私はテーブルに身を乗り出して言った。

「私、作者に興味があって、ちゃんと内容も理解したいねん。だから、プロファイリングごっこを手伝って！」

日記をおもしろがってくれたし、勝算はあった。でも薫は「ごっこて、子どもかいな」とあきれたように言う。私は諦めきれず、両手を合わせて拝んだ。

「今まで謎は、本の中にしかなかったのに、初めて現実で見つけた日常の謎やねん。お願いお願いお願い！　あんた、少年探偵団好きやろ？」

「あたしが好きなんは、明智《あけち》小五郎《こごろう》と小林《こばやし》少年の関係性やから、団員になりたいわけじゃあ……」

どうやら、日常の謎への憧れをこじらせているのは私だけらしい。同レベルだと思っていた友人は、別ベクトルに歩き出していた。

がっかりして、私はテーブルに突っ伏し、ため息をつく。

たしかな手ごたえを感じていた分、ショックだった。気にしないで、とかフォローすべきだと頭では思っているのに、口が動かない。

やがて、沈黙に耐えかねたように薫が言った。

「……もう、しゃーないな。手伝ってもええけど、やることはあんたが決めや。まず何すんの？　これ、全部読んだらええ？」

「ありがとう！」

急にパッと顔を上げたせいで、私のたばねた髪が鞭《むち》のように頰《ほお》を打った。でも痛みなんて感じない。

うれしくて頭がふわふわする。テーブルがなかったら抱きついていただろう。

ノリ気じゃなかったくせに、まずやることが「全部読む」なあたり、すごい味方ができた。薫はお手並み拝見とばかりにニッと笑う。

「団長さん、さあどうする?」

これから、おもしろいことになる。そんな予感で胸が高鳴る。

3

「そんなわけで祇園祭《ぎおんまつり》に行くことになりました」

古道具屋石川原の月曜定休日明け。火曜日の放課後に店に寄って、あらましを話した。

それまでウンウンとうなずいていた郷さんは戸惑ったようにして、

「え、どういうわけ?」

「現場検証を兼ねて、日記をそのままマネたら楽しいんじゃないかと思いついたんです。ちょうどタイミングもいいですし。昭和十七年の提出用の日記には、お姉さんのためにお守りを買うくだりが出てくるんですよ」

家の離れに住む姉夫婦と作者は仲がよかったみたい。

安産のお守りを買いに出かけるなんて、いかにも教師が好みそうな家族愛に満ちた描写だ。とはいえ、私的な日記のほうには後年、甥《おい》がかわいくないという本音が何度も出てくる。

作者の両親にとって、初孫にあたる男の子。両親が甥をかわいがればかわいがるほど、自分への愛情を甥に奪われたようで、うとましかったんだろう。

私だって、九歳下の妹には思わなかったけれど、二歳下の弟が生まれたときは、何度も思った。

弟ばっかり構って、私はどうでもいいんだ。――なんて。

そんなさみしさを抱えていたからこそ、作者はすでにいる実の姉じゃない、自分だけのお姉さまに憧れたのかもしれない。血のつながりを超えた、特別な絆《きずな》。

「俺は知らなかったんだけど、祇園祭でお守りが買えるんだ？」

「そうらしいですね」

「らしい？」

「地元民こそ、地元の観光にうといのは、あるあるじゃないですか」

私も今回調べてみて、改めて知った。

祇園祭は八坂《やさか》神社の祭礼だ。七月一日から三十一日まで、一カ月にわたって開催される。

全国的に疫病《えきびょう》が流行した時代、祇園の神を祀《まつ》って厄を払った祇園御霊会《ごりょうえ》が起源。

日本三大祭のひとつで、全国的には十七日と二十四日の山鉾巡行《やまほこじゅんこう》が有名だろう。鉾建て自体は数日前から行われる。

今回行くのは、十六日の宵山《よいやま》。

宵山とは、山鉾巡行の前三日間（十四日から十六日と、二十一日から二十三日）を言うが、特に前日をさすことが多い。前々日が宵々山《よいよいやま》、前々々日は宵々々山《よいよいよいやま》。露店が出て、歩行者天国になるのは十五日と十六日だけ。

私が最後に宵山に行ったのは、たしか小学校低学年。露店に気を取られ、迷子になったことぐらいしか思い出せない。

高学年になったら、母が働きに出るようになって、弟たちと妹の面倒を任されることが増えた。混雑するとわかりきった場所に、あの子らは連れて行けない。

でも今年はちょうど、宵山が日曜日なので、両親も在宅している。私は晴れて自由行動だ。

「郷さんは、祇園祭に行きます?」

「行かない。観光客が歴史ある店だと間違えて入ってくるかもしれないから、いつもより長く営業する予定」

間違い前提なんだ……。

真顔で言うから、本気かジョークか摑《つか》みきれなくて、困る。

「じゃあ、お土産を買ってきますよ。何がいいですか?」

「いいよ、悪いよ。でもどうしてもっていうんなら、祭限定っぽいやつがいい」

こういうときばかりはスラスラ滑舌《かつぜつ》がよい。自称人嫌いさんはこれだから、まったく。


「郷さんのことを話してると、楽しそうやね」

翌日の昼休み。薫と教室で話していると、そう言われた。不慣れな恋バナになりそうな予感がして、慌てる。

「そ、そうかなあ」

「お姉ちゃん心がくすぐられる？」

そっちか。……あー、でもそうかも。若くして自分の店を持っているのに、偉ぶった雰囲気がぜんぜんないどころか、頼りない。

薫は日記のコピーと地図を机に並べた。提出用の日記は彼女に預けている。

「口語訳したメモをここに挟んで……、あった。『夕食後、宵山に行った』って、日記にはあるけど、すごない？　家で食べてから行くとか。あたしなら、絶対露店で食べたいもん」

「それ、めっちゃ思う」

「露店で夕飯でもええ？」

「賛成」

臨機応変さは大切だ。

「『占出山《うらでやま》で安産のお守りを買った』はどうする？　雛子の身近に妊婦さん、いてはる？」

「いない。……けど、行くだけ行こう」

「じゃあ次。『烏丸《からすま》の高辻通《たかつじどおり》まで行った』『美しく着飾った人が大勢歩いていた』『学校の友達がたくさんいた』『九時過ぎ、友達と別れ、ぶらぶら歩いて十時前には家に帰った』」

「歩いて帰るのは厳しいなあ」

バスや電車を乗り継いでも、四十分近くかかる。それが徒歩となると……。

リアリティをどこまで追求すべきかと私が考えていると、薫が言った。

「歩くより、たくさんの友達をこれから作るほうがしんどいやろ」

オイ。とツッコミたいけど、たしかに多くはない。薫が慈愛に満ちた目でこっちを見てくる。私は睨《にら》み返しながら、

「言っとくけど、それ、あんたにも言えることやで」

「ネット上には友達多いよ」

そこから、コスプレ撮影会の写真を見せられ、話が脱線してる間に昼休みがおわった。

午後からの授業を受けていると、教師の抑揚のない語り口調が眠気を誘う。机に顔を伏せたままのクラスメートもちらほらいた。

日記の作者も、こんな日々を過ごしたかもしれない。

言葉って、不思議だ。

名前の知らない、会ったこともない人に、思いをはせることができる。

過去と現在と未来をつなぐ、タイムマシーン。

ふいに教室の後方で、大きな音がした。驚いて振り返ったら、誰かが椅子から転げ落ちていた。居眠りでもしていたんだろう。教室中の注目を集めた彼が、頭を照れくさそうに撫《な》で上げると、どっと笑いが教室中にあふれた。

「何やっとんねん！」

「あほか」

「大丈夫？」

あちこちから声が上がる。教師がそれをとめに入る。

私も笑いながら、ちょっとした不安が頭をよぎった。

――私が椅子から転げ落ちても、みんな笑ってくれるのかな？

失敗したときこそ、周りからの自分の評価が目に見えてわかってしまう。

人気者か、嫌われ者か、どちらでもないただの空気か。

こんなことを考えるのは私だけ？　それとも、みんなも考える？

日記と出会って以来、生まれた時代が違う人の心情をわかりたいと思っていたけれど、私は同じ教室にいるクラスメートの気持ちさえ、わかっていないのかもしれない。

4

十六日は、歩行者天国が始まる十八時、市営地下鉄の四条駅に集合した。

四条通にはいくつもの山鉾が集中して並んでいる。混雑は予想できたし、日記には記述のなかった部分なので、別の集合場所にしてもよかったけれど、観光客気分も味わいたかったのだ。

歩く予定なので、私はTシャツにジーンズとスニーカー。でも、薫は朝顔柄の浴衣にフルメイク。

裏切られた！　と思ってしまったけど、それは彼女も同じだったらしい。

「あかんやん、団長！　美しく着飾った人が大勢おらんかったら、日記の再現になれへんやん。他人に期待せんと、自《みず》ら武装してこな！」

トイレで手早くアップスタイルに髪を編んでくれ、手のひらぐらい大きな花飾りをつけられた。私の首から上と下が、明らかにアンバランス。でも、オシャレを武装と言う人に逆らう勇気がなかった。

呼び名こそ団長だけれども、すっかりポンコツ扱いだ。まあ、私たちの間ではいつものこと。

地下から地上に出ると、夏の日の入りは遅いので、まだ日中の空気が漂っていた。明るい空を見上げ、「晴れてよかったね」なんて言い合う。

歩き出してすぐ、四条通を挟んだ対面道路に長刀鉾《なぎなたほこ》が鎮座《ちんざ》していた。見た目は名前の通り。空に向かって長く伸びた鉾頭《ほこがしら》に大長刀《おおなぎなた》、背の高い山車《だし》の中に人がいて、浴衣の後ろ姿だけが小さく見える。

これがホンモノ……！　ニュースで何度も見たけど、実物の迫力たるや、すごい。

ざわついた話し声に交じって、コンチキチンの祇園囃子《ばやし》が聞こえてきた。音がするほうに顔を向けると、交差点の向こうに別の山鉾が見える。大きさもさることながら、ビル群にまぎれることのない金色と鮮やかな赤。動く美術館とも言われる装飾美は、遠くからでも目立つ。京都市内で指折りの繁華街が、今日は伝統色にジャックされている。

立ち止まろうとしても、人の波にのまれてしまう。他人が扇ぐうちわの風が届くような、すし詰め状態のまま移動。汗を掻《か》いた腕と腕が触れ合う、ゾッとする感覚にも慣れてしまった。祭というより、行軍だ。

生ける屍《しかばね》と化し、占出山にたどり着くと、ホッと息をついた。

ご神体《しんたい》は、安産の神さまとして祀られる神功《じんぐう》皇后。肥前国松浦川《ひぜんのくにまつうらがわ》で釣りをして、戦勝を占ったという日本書紀の説話を題材にしている。

白い提灯《ちょうちん》が鈴生《すずな》りに彩《いろど》られた山車の隣のテントで、きれいなお姉さんが『吉兆あゆ』を売っていた。どうやら商品はそれだけらしい。魚の鮎《あゆ》ではなく、和菓子の若あゆ。求肥《ぎゅうひ》やあんこを楕円《だえん》形のカステラ生地で包み、鮎の形を模した若あゆは、夏の京都の定番だ。五個入りだったので、家族用にふたつ買った。接客してくれたお姉さんに聞いてみる。

「あの、お守りは……？」

時代の流れで、取りやめになったんだろうか？　少しさみしい。

「中のほうで売ってますよ」

お姉さんが私たちの後方を手でさししめした。

占出山と書いた赤い提灯が並んだ門をくぐると、思いのほか広い。ぽっかりと開いたスポットは、神社の境内《けいだい》に似た雰囲気だ。ご神体や山鉾を彩る懸装品《けそうひん》が飾られていて、とても華やか。浴衣姿の小さな子どもたちがお守りを売っていた。声をそろえて、わらべ歌を歌う。

安産のお守りは　これより出ます
ご信心のおん方様は　受けてお帰りなされましょう
お蝋燭《ろうそく》一丁　献じられましょう

初めて聞く歌なのになぜか懐かしく、過去と現在のはざまに迷い込んだような、幻想的な風景だった。

「げ、帯潰《つぶ》れてる」

薫のつぶやきが、現実に戻してくれる。

郷さんへのお土産に粽《ちまき》を買った。食用じゃなくてお守りだ。日記の作者もここで買ったんだろう。

透明なビニール袋に入っている粽は護符つきで、わらを笹の葉でくるみ、イグサで結んで棒状にした物を十本でひとまとめにくくってある。形だけでいえば、熊手《くまで》や扇を逆さにしたような末広がり。町屋の玄関先に飾られているのをたまに見かける。

妹ぐらいの歳《とし》の子に接客されるのは、とても不思議な感じ。おつりが出ないよう、小銭で払った。

占出山を出ると、日記に書かれた順路通り、高辻通に向かって南下した。途中途中で休憩がてら、露店に寄る。ソースの焼ける匂いはずるい。

意外と少数派の浴衣姿が目につくのか、いろんな人が声をかけてきた。高校や中学の知り合いどころか、なんと、五年前に引っ越した友達まで！　びっくりしすぎて一瞬、頭が真っ白になった。でもすぐ、歓喜の悲鳴を上げて手を取り合う。

名残惜しいがお互いに同伴者がいたので、連絡先を交換してから別れると、待たされていた薫が不機嫌そうに言った。

「雛子はあたしのSなのに、妬《や》けるなあ」

冗談めかしているものの、目は笑っていない。ふと思いついて聞いてみる。

「どっちが姉？」

「あたし？」

「お姉ちゃん、たこ焼き買って！　半分こしよ」

「ええよ！　いくらでも買ったる」

とはいえ、次のチョコバナナは私がおごった。

高辻通に着いたのは二十一時過ぎ。空はすっかり真っ暗だけど、人の熱気のせいか、昼間より暑いぐらいだ。倦怠感《けんたい》と満腹感、それに高い湿度が合わさって、しんどい。とてもじゃないが、歩いて帰るなんて考えられなかった。拡大解釈して、バス停まで歩いたことで許してもらおう。

市バスが市街地から離れ、山に近づくほど、どんどん人が降車する。薫とも別れると、途端に静けさを感じた。

ああ、この感じも、祭のおわりっぽい。いや、祇園祭自体は、これからさらに盛り上がるんだけど。

家に帰る前に古道具屋石川原に寄った。明日は祝日とはいえ、月曜なので定休日だ。疲れていたけど、早く話したい気持ちが勝った。

ガラス戸にかかったカーテンから、灯《あか》りが薄く透けている。

はたして、お客さんはいるだろうか？　ドキドキしてガラス戸を開けたけど、誰もいなかった。お客さんどころか、郷さんさえもいない。また、二階で寝てるのかな？

「こんばんはー？」

声をかけてみると、縁側に通じる磨《す》りガラスの向こうで人影が動いた。強盗か、と一瞬身構えたものの、郷さんだった。

珍しく、タバコを指先に挟んでいる。

「タバコ、吸うんですか?」

「うん。たまにね。電子タバコだから、火の不始末の心配がないんだ。ただ、爆発するかもしれないけど」

「……大丈夫なんですか?」

「スマホが発火事故を起こしたことだってあるし、絶対安全な物なんてないから」

「そりゃそうですけど。……タバコを吸うなんて、意外ですね」

「そう?」

今まで弟や妹と同じ扱いしていたから、とはさすがに言えない。

夜を背負った彼のすらりとした手足の長さに気づいてしまい、妙に緊張する。

「これ、お土産です」

郷さんはレジ袋の『御安産御守護』の文字を見て、首をかしげつつ、中身を取り出した。

「粽か。ありがとう。おいしくいただきます」

「あ、それは飾る用です」

「え!」

思いがけない今日一番の大声にびっくりした。

「……食べられるやつがよかったですか？」

「本当に持って来てくれるとは予想外で、京風の粽ってどんな味かな～とうれしくなっちゃってたから、つい。俺も、自分の声のでかさに驚いた」

言いながらも名残惜しそうに、じっと粽を見つめている。

仕方なく、家族へのお土産分の吉兆あゆを一個あげた。

「ありがとう、いただきます」

郷さんは受け取ってすぐ封を開けた。まるで鵜飼《うか》いの鵜が魚を丸飲みするみたいに、口の奥まで勢いよく入れる。これ、弟がやったら「喉《のど》に詰めるよ！」と怒るやつだ、と私は思った。

郷さんのもぐもぐと咀嚼《そしゃく》する口が、ふいにフリーズする。ごくりと飲み込み、まじまじと吉兆あゆの断面を見る。

「何これ、うますぎる。あんじゃなくて求肥？　こんなモチッとしてるのに歯切れがいいのはなんで？　しっとりしたカステラとの一体感がやばい。これだから、京都の職人技は……」

ぺろりと平らげ、満足そうな吐息まじりに言った。

「……若あゆのポテンシャルおそるべし」

そこまでか。

食べさせ甲斐《がい》のある人だ。他の食べ物にはどんな食レポするのか、見たい気がする。

郷さんが私に向かって両手を合わせた。

「ごちそうさま」

「お粗末さまです……と、私が言っていいかわからないですけど。でも、日記のおかげで、こうやっておいしい物と出会えたなら、やっぱり日記を買ってよかったです。何も知らなかったら、露店だけ見ておわっていたところでした」

「これからも解読するの？」

「はい。だって、一冊しか読めてないですもん。しかも、流し読みレベルでしか把握できてないと思うし。夏休みを使って、全冊読破します」

「それで……どうするの？」

「どうって？」

「赤の他人の日記を読むために、ひと夏を使うなんて、不毛じゃない？」

私にその日記を売ったあなたがそれを言う？　と言いたかった。でも、声にならない。したくなかった。

なんていうか、言葉にしなきゃわかってもらえないのが嫌だった。言葉にしなくても、私たちには通じ合うものがあると、勝手に思っていたから。

日記の解読を否定されるのは、郷さんと過ごした時間も否定されたのと同じ。

頭が、見えない膜で覆われる。

大人はわかってくれない。

そんな、フィルター。

「……千円分の元を取りたいんです。一冊を熟読するタイプなんで」

「そう」

と、つぶやいた郷さんが、なぜかホッとしたように見えた。

でもその理由を聞く気力はなかった。私が家に帰ると、出迎えた妹が「お花かわいい！おひめさまみたい！」とぴょんぴょん跳ねる。

すっかり忘れていたけれど、頭に花飾りをつけたまま。

さっき、これに郷さんはなんのコメントもしなかった。

こんなわかりやすい変化さえ気にならない彼ならば、私の気持ちがわからないのも仕方ないかもしれない。

5

夏休みと同時に夏期講習が始まった。宿題の多さと暑さにばてて、帰宅するとすぐ寝てしまう。弟たちに蹴り起こされることにも慣れ、怒りも湧かない。

空き時間は夜だけ。薫が作ってくれた、旧字体メモを片手に読み進める。

七月いっぱいを使ってようやく、私的な日記の二冊目も読破。癖字も攻略した。

『うわーい』に見える字が『うれしい』と書いてあるのだと気づいたときは、本当にうれしかった。

昭和十八年十一月、清水さんにお気に入りの後輩がいるらしいと噂《うわさ》で聞く。次の日記の日付は二カ月後に一気に飛んだ。

作者は新しい相手を見つけたようだ。彼女を『色白の人』と名づけている。

清水さんが活発でちょっと意地悪な王子様タイプなら、色白の人は穏やかで優し気な女性的なタイプ。あまりにも真逆だ。

でも、そんな違和感は私だけのものらしく、作者はミーハーなファンみたいに彼女が何をしていたかとか、彼女から何をもらったかだとか書いている。作者の興味はすっかり色白の人に移ってしまったけれど、私は清水さんが好きだった。

清水さんのエピソードはいくつもあるが、一番好きなのはやはり初対面。学内で友達とかくれんぼしていた作者が上級生の集団と中庭で出会う。緊張して立ち尽くしていると、状況を察した上級生のひとりが「ここはどう?」と岩陰《いわかげ》を指さす。すると、別の上級生がこう言った。

「あの子、デブやから隠れへんよ」

作者は怒ったものの、上級生相手には言い返せなかった。立ち去ることさえできず、言われた通り岩陰に隠れると、からかうような笑い声を聞いた。

作者は悔しさで顔が真っ赤になった。友達に早く見つけてほしいとさえ思ったのに、急に笑い声がやみ、目の前に影が立ちふさがった。それが清水さんだ。

「隠してあげるよ、りんごちゃん」

美しい瞳が印象的な人だった(と、日記にあった)。

清水さんと目が合った途端、からかわれたつらさが一瞬で消え、トキメキが胸いっぱいに広がった。

やがて友達が来たけど、上級生たちに挨拶して通り過ぎた。作者は清水さんの背後でドキドキしながら、ずっと隠されていたいと願った。

……こんな出会いってある? 少女漫画じゃん!

初めて読んだとき、私は清水さんをなぜか学外の男子学生だと思い、その場面がイケメン俳優の姿で脳内再生された。だから実は女性だと知ったときは、ショックだった。

しかしそれでも、作者が褒めるから私も清水さんを好きになったし、せきららに想いを語る作者にどんどん感情移入していった。

時代を超えて、ふたりの関係を応援していた私としては、期待を裏切られたような気分で複雑だ。校内で清水さんに会えないかと期待する作者が、いざ、「おはよう、りんごちゃん」と清水さんに呼びかけられても、つれなく接してしまって落ち込む姿を私は見てきた。

清水さんは、本当にお気に入りの後輩がいたのだろうか？　せめて作者には、確認ぐらいしてほしかった。でもいくら読み進めても、清水さんは日記から退場してしまった。

ふと、郷さんの言葉が思い出された。

――それで……どうするの？

日記に書かれているのは、現実に起きたこと。小説のような読後感が得られるとは限らない。日記に入れ込みすぎないように郷さんが注意した理由も、今ならわかる。

この日記の未来を私たちは知っている。

日本の敗戦。

内容が明るければ明るいほど、来たるべき結末が憂鬱《ゆううつ》になった。

三冊目の日記を開くと、その拍子に何かがこぼれた。朝顔の押し花だ。花びらにはまだ、ピンク色が残っている。

それまでも押し花がいくつか挟んであったけど、すべて茶色く干からびていた。紙に茶色のシミを残しただけ。

色って、ちゃんと残るんだ……。

驚きと感動で、しばらくぼうっと眺めてから、押し花が挟んであったページを探す。三冊目の日記は最初の数ページだけ書いてあって、あとは白紙。

パラパラめくっていると、突然、ボールペンの字が現れた。年号は平成十年。八月一日。

起床六時就寝二時。

晴れ。心地よい風が吹き抜ける夏日。

部屋の整理中、この日記を発見し、懐かしくなって筆を執る。

学校の課題以外でも、いつも日記を書いていたから、母によく呆《あき》れられたものだ。わたしにとって唯一、心自由になれる世界が日記だった。当時の輝きが、今も鮮明に思い出せる。

先週、主治医に余命宣告をされた。癌《がん》。延命治療は受けず、残された時間を心穏やかに過ごすつもり。

夫と出会ってからというもの、わたしは現実の世界でも自由に生きた。子供には恵まれなかったが、彼と過ごした日々はそれに勝る喜びをくれた。愛してくれた義理の両親と夫の天国への旅立ちをきちんと見送れたことが、娘として妻としてのわたしの誇り。

唯一心残りがあるとすれば、甥と別れたままであること。戦争で父を亡くした彼は、イギリス人と結婚するわたしを理解せず、わたしが日本を発《た》つ日も、見送りに来てくれなかった。

瞼《まぶた》の裏に蘇《よみがえ》る甥は、年相応の彼ではなく少年だ。わたしについて歩いた小さな姿だ。

今朝、友人が朝顔をくれた。園芸が趣味の彼女は、わたしのために育てたんだと言う。幼かった甥が庭先の朝顔をくれたことを思い出した。当時は、同じことをわたしがしたら母に酷く怒られるのに、甥は許されるのか、と思ったものだ。贔屓《ひいき》だ、と。でも、美しい花をあげようとする甥の優しい気持ちを母は褒めたのだ。

ここには多くの友人もいるけれど、最期《さいご》の時間は日本で過ごすつもりだ。甥に会いたい。今となっては昔を知る、唯一の肉親だ。

あの時代を生きたわたし達と、若い人達との間には、絶対的な壁がある。けして埋まらないし、無理にわかってもらおうとは思わない。……ただ、孤独を感じる。

うっすらと残ったシミの輪郭《りんかく》に朝顔をあてると、ピタリとはまる。

漢字も言葉遣いも現代のものだ。だから、読みやすいはずなのに、ぜんぜん頭に入ってこなくて、何度も読み返した。

意味がわからなかった。

私がこの日記を読んでいる理由が。

偶然手に入れたとはいえ、他人の日記を盗み見ている罪悪感は今までもあった。でも、これを見てしまうと話が変わってくる。

二階のベランダから、古道具屋石川原を見下ろした。一階の灯りが見える。私は部屋着から手早く着替えて階段を下り、「コンビニ行ってくる」と嘘をついて家を出た。財布も持たず、ノートだけ持って。

営業時間を過ぎていたが、店のガラス戸は開いた。

郷さんがキョトンとしてこっちを見る。タバコを吸っていなかったことに、少しホッとした。

「これ、返したいんです。店にじゃなくて、遺族に」

話が長くなる予感がしたのか、郷さんは浮かしかけた腰を下ろす。

「雛ちゃんがその日記を手にしているのは、持ち主にとって不要だからだよ？　それなのに返したい？」

私の真意を探るように、郷さんがじっと見つめてくる。

私は郷さんに最後の日記の内容を話した。作者は結婚のために海外に出たあと、夫を亡くし、独身になったこと。甥と会うために、おそらく日本に戻ったこと。そして……、和解できないまま、亡くなったことも。

「どうして和解してないって思うんだ？」

「和解してたら、遺品は甥御さんが引き取っていたと思います。でも売られたってことは、遺品整理を担当したのは遺族じゃなくて、業者さんじゃないですか？」

「甥が業者に頼んだ上で手放したのかもしれない」

「それはありえません。読んでたら、絶対手放さないです。うちの反抗期の弟だって、私の日記を売るなんて思えない」

あくまで願望で根拠がない。それなのに、あの憎たらしいバカを信じている。いや、信じたいだけかもしれないけど。でも！

「この日記は、読まれるべき日記です。文献じゃなく、故人との思い出として」

私が断言すると、郷さんは悩ましそうに腕を組む。

「古い物を扱うマーケットで偶然仕入れたからなあ」

「誰が売ったかわからないんですか?」

「わからない。日記には作者の名前も書いてなかったよね?」

「……はい」

残念だ。名前もわからない人の親族をどう探せばいいのか……。

重い空気が流れる中、郷さんがふと思いついた顔で組んでいた腕をほどき、左手を肩まで挙げた。そして右手で何かを押すような動作をする。

エア解答ボタンを連打しているらしい。

それまで真剣に悩んでいたのに私はつい笑ってしまい、クイズ番組の司会者気分で言う。

「はい、郷さん」

「フルネームが記載された人がいたよね? たしか昭和十八年四月十五日の創立記念日。今は休みになることが多いけど、昔は登校日だったんだと思ったことを覚えてる。講堂でぶつかった上級生が優しい人で、学内でも有名人。友人に名前を教えられ、心が美しい人は名前も美しいのね、と作者が感動してた」

たしか、という割には具体的だ。私が読んだ私的な日記にはなかった。

急いで、薫に確認してもらう。

スマホは家に置いてきたと思ったけど、無意識のうちにジーンズのポケットに入れていたので、電話をかけることができた。

該当ページを探す沈黙のあと、薫が興奮した声で言った。

「……あった。エピソードもまさにその通り。花の百合《ゆり》に子どもの子で、清水百合子《ゆりこ》さん」

本当の初登場はここかあ！　そんな驚きも、郷さんの記憶力を見せつけられたあとでは薄らいでしまう。

薫は続ける。

「学校のOB会があるから、歴史研究会の先輩に頼んで、連絡を取ってもらえるようにするよ。有名人っぽいし、たぶんすぐ見つかると思う。ただ問題は、……そんな有名人がファンのひとりの名前を覚えてはるかどうかで」

そう、そこだ。

「……でも覚えているかもしれないし、知ってそうな人を紹介してもらえるかもしれない」

「そうやね。希望は捨てないでおこう」

励まし合って電話を切る。私は思いたって、郷さんに聞いてみた。

「郷さんが通ってた京都の大学ってもしかして、京大ですか？」

「うん」

……すごく、納得した。

頭がよすぎて、常人には理解できない奇人・天才が集まるという噂はよく聞く。でもまさか、一度読んだだけの日記の細部を覚えているほどの記憶力の持ち主とまでは、想像していなかった。

「今度、勉強教えてください」

「いいけど、高いよ」

ちなみにいくらですか、と聞いてみたかったけど、高くても低くてもリアクションが取れないので、やめた。

6

翌週、薫の案内で、清水さんの家に向かった。

どうやら結婚して、今は別の姓を名乗っているらしい。百合子という名前を聞いたときに頭をよぎった既視感の正体は、すぐにわかった。

薫がインターホンを押したのは、うちのお隣の田中《たなか》さん。

道中、おかしいなあ、とは思っていた。すごく見慣れた道、というか私の登下校ルート。

私も憧れた清水さんがご近所さんだったなんて、もしかして偶然すれ違ったこともあるのかな？　とか、のんきに思っていたら、まさかの事実。

世間狭っ！

でも、死を覚悟していた作者は地元の京都に戻っただろうし、遺品整理業者は近くで営業する店に頼むだろう。さほど遠出せずに郷さんが買いつけしたことも、元・清水さんの結婚相手が同じ京都人だったことも、当然の流れだったのかも。

私が日記と出会ったことさえ、運命ではなく必然だとしたら、なおさら最後まで役目を果たしたい。私が、日記を遺族に返すのだ。

田中さんは、学校の後輩が来ることを知っていたらしいが、そのうちのひとりがお隣さんだと知らなかったようだ。目を合わせると、笑いがこぼれた。小柄で顔も小さいから、相対的に口が大きく見える。日記の記述通りの特徴だ。

田中さんは私たちを家に招き入れて、麦茶を出してくれた。

「学生時代の話を聞きたいんやって？　この暑いのに、ご苦労なことやね」

「そうなんです。でも田中さんにお話を聞きたいと思ったのは、特にその……、ファンが多かったと聞いていています」

薫が身を乗り出して聞くと、田中さんはコロコロと笑う。

「そんなん嘘よ」

「え、そうなんですか?」

と、言ったのは私。

「たまにお手紙をもらうことはあったけど、ファンなんて大げさ。ちょっと待っといて。まだ取ってあるから」

田中さんが二階に上がってすぐ、薫が私に耳打ちする。

「ホンマにこの人かな?」

「面倒見がいい人やから、慕われそうではあるけど……」

内緒話を続けていると、上から声がかかった。

「雛子ちゃーん、ちょっと手伝ってぇ」

「はーい」

今の話、聞かれたかな? 慌てて階段を上がると、田中さんがダンボール箱を床に引きずっていた。三十センチ四方はあるだろうか。

田中さんは曲がった腰を撫でながら、疲れたように言った。

「これに入ってるんやわ」

「? 取り出して、運んだらいいですか?」

「この中、ぜーんぶが、お手紙」

……これだから、京都人の言葉は油断できない。謙遜《けんそん》しながら、自慢する。

紙がびっちり詰まっているダンボール箱は、薫とふたりがかりで運んでも、腕が引きちぎれそうに重い。

再び居間に戻ると、紹介してくれた先輩の手前、薫は田中さんに質問をする。その間も、私は手紙の宛名《あてな》チェックをした。この一カ月、ずっと付き合っていた癖字を探す。

「あ、そうや。昔の写真見る？」

と、田中さんが見せてくれたのは、女学校時代の集合写真だった。

昔の田中さんの顔立ちはボーイッシュ。深い目尻の皺《しわ》は影もなく、キリリとした目元。しかも、他の子と比べると背が高いほう。

今は私より背が低い田中さんだけど、当時の田中さんより背が低い下級生からすれば、カッコよく映っただろう。

薫がズバリと聞く。

「Ｓの関係にあった子はいましたか？」

「そんなんおらへんよ。ひとりを贔屓したら、面倒なことなるし。声をかけてほしそうな子はおったけど、はっきりせん子は好きやない」

　私が手紙の宛名チェックを再開すると、赤いインクで書かれた物を見つけた。しかも見覚えのある筆跡だ。ドキドキしながら、封筒を裏返した。差出人の名前が書いてある！　ずっと探していた名前なのに、いざ見つけると手が震えた。

　一応、本文もチェックする。より多くの文字を確認したかった。そっと便箋《びんせん》を取り出すと、筆まめな人が書いた手紙にしては、あまりにも短い。

　お姉さまのしあわせを願っています。

　この人を覚えてますか？　私がそう聞く前に、田中さんが懐かしそうに言った。

「……けど、何度聞いても名前を教えてくれへん子がおってね。りんごちゃんって勝手に呼んでたさかい、嫌われとったんかも。頬《ほ》っぺたをいつも赤くしとるんが、なんやかわいらしくて、つい声をかけてしまうんよ」

　それを聞いて、私は持ち上げかけた封筒を下げた。差出人の名前をもう一度、見る。

『高内《たかうち》　津多子《つたこ》』

　憧れの先輩がつけてくれたニックネームが、本名を覚えてもらうよりも大事だった。だから、先輩と他の誰かとの噂を聞いたあと、潔く身を引くときになって初めて名乗ったのだ。インクに赤を選んだのは、その色が自分を表すと信じて。

……でもそんな種明かしを七十年以上経《た》った今、私がしていいものか。乙女心に申し訳ない。

田中さんの思い出話は尽きなかった。

7

なんやかんやで、嵐山《あらしやま》にやって来た。高内さんの甥、河野茂《こうのしげる》さんが今住んでいるところ。場所がわかったのは、田中さんのネットワークのおかげだ。私が相談すると、その場でいろんな人に電話をかけて、数日中に探し出してくれた。

八月七日の十時に河野さんと会う約束を取りつけたものの、薫は恒例の家族旅行に出かけるので不参加。私はノートを託され、最後の役目を仰《おお》せつかった。

という話を、六日に郷さんにすると、「そうなんだ」と他人事《ひとごと》みたいな言い方をした。もちろん、他人事なんだけど。でもノートを仕入れたのも、私に売ったのも、あなたじゃないか。

「郷さんも行きませんか？　明日定休日ですよね」

私が聞くと、郷さんは、なんで俺が？　と言いたげな顔をする。

「高内さんの日記の導きで私が買ったおやつを食べたでしょ？」

「でもあれは」

「おいしかったですよね？」

「それはまあ」

「じゃあ、その分働かないと」

強引すぎる論法でも、変なところで律儀な彼は納得したらしい。

当日は車を出してくれた。

京都のいいところは、どこに出かけても観光地なところ。京都育ちの私でも、「あ、テレビで見た場所」とテンションが上がる。ただしその弊害《へいがい》はもちろんあって、どこに行っても観光客が多い。

桂川《かつらがわ》にかかる渡月橋《とげつきょう》は渋滞し、郷さんが運転するワゴン車がゆるゆる進む。

約束が十時だったのは、おじいさんだから朝が早いというだけじゃなくて、混む時間を避けようとしてくれたんだろう。

嵐山に来るのは実は初めてで、私は助手席からスマホで写真を撮りまくった。今日は天候に恵まれ、空の青と山々の緑、それらを川面《かわも》に映す桂川の景色が美しい。

　ポスターでよく見るような、雄大な自然をバックにした渡月橋の写真を撮りたいのに、橋の上にいると橋を撮影できないというジレンマに陥《おちい》る。仕方なく、運転する郷さんの横顔をジャケ写っぽく撮ってみると、郷さんはまんざらでもないようにポーズを作る。

　車内撮影会にお互いが飽きたころ、郷さんが腕時計をちらりと見て、言った。

「もうすぐ着くって、電話したら？」

「あ、そうですね」

　スマホで私が電話している間に郷さんは車をコンビニに寄せ、何か買ってきた。レジ袋の上からでもわかる、箱状の物。

　……まさかなあ。手土産を現地調達する？　郷さんならしちゃう？

　河野さんと会う緊張とは、別の意味でソワソワする。

　近くまで、河野さんの娘さんが迎えに来てくれた。といっても、私の両親より年上。五十代ぐらいかな。高内さんの面影を探そうとしてから、そもそも高内さんの顔すら知らないと気づいた。

　案内された家は、趣《おもむき》のある古い日本建築の一軒家。庭は手入れの行き届いた枯山水《かれさんすい》。遠くの蟬《せみ》しぐれに交じって、カコーンと、鹿《しし》おどしが響いた。

　……ダメだ。場違いすぎて、帰りたい。

郷さんがコインパーキングに車をとめてくるのを玄関先で待つ間、私はノートを入れた重いリュックの肩紐を何度も握る。「おばさんが待ってるから、中で涼んどき」と娘さんが言ってくれたけど、かぶりを振った。

こんな立派な邸宅に、ひとりで入っていく勇気のほうがないです。

戻ってきた郷さんは、やっぱりレジ袋をぶら下げていた。どこに行っても、自分のペースを崩さない性格が羨《うらや》ましい。

家に上がるとき、ふいにリュックが軽くなったかと思えば、郷さんがさりげなく片手を添えてくれている。

通されたのは洋間だった。冷房が効いているとはいえ、長袖《ながそで》シャツにベストとスラックス姿で、革張りのソファにおじいさんが座っている。年齢的にはとっくに定年退職しているだろうけど、いかにも仕事ができそうな貫禄《かんろく》がある。

声は見た目よりずっと、しわがれていた。

「座ったままで申し訳ない。膝が悪いもので。私が河野です」

「ま、間山です！　初めまして」

「古道具屋の石川原です」

私のぎこちない自己紹介に、郷さんが続く。河野さんは大仰にうなずいてから、娘さんを見る。

「洋子《ようこ》さん、ありがとう。もういいから」

「ですが、お茶を」

「あ、大丈夫です！　来るときに車内でたくさん飲んだので」

面倒をかけたくない、と思って言っただけなのに、結果的には追い出したみたいになった。ドアが閉まるのを確認してから、河野さんは背もたれから上半身を起こす。

「息子の嫁でしてね。聞かれたくなかったものですから。叔母の遺品を持って来てくれたそうで」

「は、はい」

リュックを下ろし、立派な一枚板のテーブルにノートを並べた。視線が集まっているのを感じて、変な汗が出る。

緊張した理由は他にもあった。

河野さんがずっと、標準語のイントネーションに近い敬語を使っている。自分もそうなのに、関西人らしくない他人と会うと驚いてしまう。

穏やかな笑みを浮かべてはいるが、警戒されているように感じた。知人からの紹介とはいえ、十数年前に亡くなった叔母の遺品を女子高生と無精《ぶしょう》ひげのコンビが持って来たら、当然の反応だ。

どうか新しい訪問詐欺《さぎ》と誤解されませんように、と祈りながら、言った。

「お小遣い帳と日記が二種類です」

「二種類？」

「たぶんですけど、学校提出用と自分用だと。……見ていただきたいのは、高内さんの私的な日記のほうです」

最後の日記のページを開いて渡すと、河野さんは老眼鏡を鼻先にかけた。何度も目が留まり、同じページ内を行き来する。

河野さんの叔母である高内さんが書いた文章だと証明するため、百合子お姉さま宛の手紙を借りてきた。親族にファンレターを見られるのは、日記以上に恥ずかしいだろうけど、他に方法がない。出すタイミングを見計らう。

河野さんが日記から顔を上げ、

「これはどこで？」

「古道具屋のご……石川原さんが仕入れた物を私が買ったんです。初めは、紐でくくられた状態で、何が書いてあるかもわかりませんでした」

「よく、それを買われましたね」

私と郷さんを見比べ、あきれたように笑う。このときばかりは、本心に見える。

「他の物も見ても？」

「あ、どうぞ」

すべてのノートを河野さんは丁寧に扱う。ちゃんと内容を理解しているようで、ほくそ笑んだり、うなずいたりと反応がある。

文献じゃなく、思い出として日記を読む。

私が言ったことが、まさか実現するなんて！　思いの強い言葉には霊力が宿るという言《こと》霊《だま》の存在を、これからは信じよう。

一カ月以上に及ぶ苦労が報われた。それにきっと、高内さんの秘めた後悔も。うっかり泣き出しそうで、ごまかすために鼻をすすった。

「これはたしかに叔母の字です」

河野さんはそう言って、日記の一文を読み上げた。

「『慰問文の清書をした』とありますが、戦地の兵隊さんに宛《あ》てて手紙を書くよう、学校で指導されていたようで、先方からの年賀状や手紙がまだ残っています。叔母が亡くなったことを告げたら、それまでに叔母が送った手紙を返してくれた人もいましたよ。それと同じ字です」

「そういえば、やけに切手代が多いなあと思ってました」

「学校のクラス単位で送ってから、返事があった人と個人的なやり取りを続けていたようです」

「立派な人だったんですね」

私が何気なく言うと、

「……立派？　そう、立派な人でした」

と答えた河野さんの口ぶりに、どこか皮肉めいたニュアンスを感じてしまい、戸惑った。

「あの……私、変なことを言ってしまったでしょうか？　それだったら、すみません」

「いや、あなたは悪くない。悪いのは……」

河野さんは最後まで言わないまま苦笑し、それから重いため息をつく。

「叔母が亡くなったのを知ったのは、死後一年以上経ってからです。生前のうちに、死後の事務手続きも手配していたようです。叔母は昔からしっかりした人で、父を亡くした私ら母子を支えてくれました。でもそのせいか、三十過ぎても独身。今はふつうのことかもしれませんが、昔はそうじゃなかった。いい人でもおれば、と思っていたころに連れてきた相手が……。まあ、日記を読まれたならおわかりでしょう」

河野さんは今日一番へたな作り笑いを浮かべた。泣き出しそうなのを我慢するみたいに、眉間《みけん》に深い皺が寄る。

「何度考えても、あかんのです。叔母のしあわせを願う気持ちはある。でも婚約者を調べると、父と同じ戦地にいた。あいつは生きて、父は死んだ」

話す間、河野さんの顔は私に向いている。でも瞳孔《どうこう》は開き、ここじゃない場所を見ているようだ。妙な迫力にのまれ、ゾッとする。

「……そのこと、高内さんは知ってたんですか？」

おそるおそる私が聞くと、河野さんは弱々しくうなずいた。

「医者だから、前線には出なかったというのが、叔母の言い分です。でも父を殺した相手を救ったかもしれないじゃないかと詰め寄ったら、叔母はこうも言いました。『目の前で苦しんでいる人に手を差し伸べるのは、人間として当然のこと。他の何を置いてもすべきことを、彼はしただけ』と。……本当に、立派な人です」

口では褒めながら、真逆の言葉を言っているように聞こえた。

河野さんが語る人が、私がずっと読んでいた日記の女学生と同一人物とは思えない。

少女趣味を捨てて、年相応の大人になった、というか。大人になるしかなかった、というべきか。

戦争の理不尽さや厳しさを知っているからこそ、河野さんの言葉には、父の敵かもしれない相手と結婚する叔母への恨みだけじゃなく、叔母の選んだ道を許せない自分自身を責めるような痛ましさがあった。

長い、長い葛藤《かっとう》が、河野さんの表情に浮かんでは消えていく。

「さんざん世話になった叔母をひとりで死なせた後悔はずっとあります。でも、……あなたたちだったら、家族付き合いできましたか?」

問うというより、独り言みたいに。

言葉はただ、宙を漂った。

何か言ってあげたかった。高内さんだけじゃなく、河野さんのためにも。でも、高内さんの最後の日記が思い出された。

——あの時代を生きたわたし達と、若い人達との間には、絶対的な壁がある。

わからない。

何も求めていない相手に何を渡すべきなのか。

気まずい沈黙の中、郷さんがふいに口を開いた。

「俺ならできないですね」

はっきりと、そう言い切った。

その力強さに河野さんは驚いたようだった。まさか、肯定されるとは思っていなかったのだろう。私も驚いた。空気を読んで！　いや、読んだ上で？　私が混乱している間も、郷さんは続ける。

「絶対、無理です」

郷さんの発言はつまり、河野さんを味方していたのに、なぜか河野さんはうれしそうじゃなかった。お年寄りに対する気遣いが感じられないそぶりだったから、郷さんの真意を摑みかねているんだろう。

けど、郷さんの意図は明快だ。

嘘も、言葉の裏もない、自分の意見をふだん通りに発言した。この状況でそんな態度を取ることがどれほど難しいか、何も言えなかった私にはよくわかる。

河野さんはポカンと郷さんを見つめ、気が抜けたようにソファに深く座り込んだ。もしかすると、誰かにこんなふうに言われた経験は、河野さんにとって初めてなのかもしれない。そもそも、言いふらしたい話題でもないだろうし。

嫌なことがあっても、「大変やったね」とねぎらってもらったり、「あほやな」と笑ってもらえたりするとそれで少しは気が済むように。

ネガティブな部分を誰かに受け止めてもらってやっと、前に進める。

しばらく押し黙ったあと、河野さんが再び私を見たときは、目の焦点が合っていた。

「……こちらは、譲っていただけるのでしょうか？」

「もちろんです。そのために持ってきたので」

「では、おいくらですか？」

「え！　いりません」

「そんなことは言わずに」

それから善意の綱引きが続いたものの、結局、河野さんのいらない古道具をいくつか郷さんが後日引き取ることで決着した。

洋間を出る前に、郷さんが「あ、そうだ」と振り返る。レジ袋から京都銘菓おたべを取り出し、決まり文句を言う。

「つまらない物ですが」


「なんでおたべなんですか？」

助手席に乗り込んで私は一番にそう聞いた。運転席の郷さんが冷房を調節しながら、

「うまいでしょ？」

「……一周回って好きですけど」

「コンビニでも売ってるし」

「スーパーにもたまにありますね」

「それに、うまいし」

「二回目です」

車を走らせると、昼どきの嵐山はさらに混んでいた。

ここまで来たら、並んででも有名店に入ろう、というテンションになっちゃうのだろう。もれなく私たちもそうなった。なんと郷さんのおごりで、三千円のお蕎麦《そば》を堪能した。

「これで天国からの依頼分、働けたかなあ?」

急に郷さんは何を言い出したのかと思えば、郷さんが食べた吉兆あゆを今は亡き高内さんからの依頼賃みたいな言い方をして嵐山まで連れ出したのは私だった。

信心深いのかな?　そういえば、幽霊を怖がっていた気がする。

「おつりが出るくらいの働きですよ」

「そう?」

「今度は私が、郷さんのために働いて返します」

「そういうのはいらないから」

遠慮じゃなくて、本心だろう。郷さんが眉をひそめ、蕎麦をすする。私は真面目な顔を

作って、

「よくないです。郷さんの生霊に祟《たた》られる」

「俺をなんだと思ってんの……？」

自称人嫌いだけど、いい人。でもそれを言ってしまうと、もっと頑固になりそうだ。

郷さんは悩むように頭を掻き、窓を見つめたまま、何も言わなくなった。つられて私も、同じ方向を見る。

桂川が望める絶景ポイントで、日差しを受けた水面がキラキラ輝いていた。小さな屋根の屋形船がゆっくりと下っていく。ひとりじゃあ絶対入れなかった店だし、見られなかった景色だ。

郷さんが来てくれて、本当によかった。

私ひとりだったら、蕎麦を食べるどころか、何も食べられないような後味の悪さを抱えていたかもしれない。

――あなたたちだったら、家族付き合いできましたか？

この問いかけに私なら、「河野さんだって、今からでも遅くないですよ」とか、「遺品を大切にしたら、ご供養になります」とか、見当違いな励ましをしていただろう。そんな善意からの言葉で、河野さんの古傷をえぐる結果になったかも。

思えば、変なところだらけだった。

警戒する相手に慇懃《いんぎん》な態度だったことも。遺品が叔母の物だと認めながら、最初は欲しがるそぶりを見せなかったことも。

でも郷さんの空気を読んでいるようで読んでいないかもしれない、物怖《ものお》じしない発言が、河野さんの心をほぐした。そのおかげで、叔母の最期の言葉を受け取ってくれる気になった。

郷さんは、ちゃらんぽらんで、ちゃんとした大人のようで、掴みどころのない人だ。内容不明のノートの束みたいに得体が知れない。

……あ、そうだ。

「郷さん、おいしいもの好きですよね。また何か見つけたら一番に教えます。私も、勉強になるし」

「うまいもんは結構知ってるよ」

「その割には、手土産の種類が一択じゃないですか」

「男ひとりだと、ファミリー向けの甘い物は買わないんだ」

「でしたら、女子高生にお任せください。京都らしいおやつ情報を仕入れてきます」

もしかしたら、私は詐欺師の才能があるかもしれない。つるつると言葉が出てくる。

「まあ、そうじゃなくてもご近所さんですし、仲よくやりましょうよ」

お茶で乾杯しようとしたけど、からっぽだった。これじゃあ雰囲気が出ない。すると、郷さんは蕎麦つゆを入れたおちょこを持ち上げた。笑ってしまうけど、このほうが私たちらしい。

陶器同士の優しい乾杯は音も鳴らない。でも、これからの日々を思うとワクワクして、速い鼓動が耳の奥まで響いた。

二章

持ち主が多いテディベア

1

「おやつなら任せてください」

などと宣言したものの、私はどちらかというと洋菓子好きで、郷《ごう》さんは和菓子好きっぽい。

できれば、流行最先端を紹介したかったけれど、和菓子情報は持っていなかった。家の手伝いや夏休みの宿題に追われながら、ネットサーフィンする日々が続く。

京都人は案外、新しもの好きだ。でもその一方で、ヨソモンへの警戒心が強い。特にお年寄りになるほど、その傾向がある気がする。

新店舗ができると話題にはなるが、行こうと思ったときには潰《つぶ》れている。それでも、ホームページは消されずに残っていたりするから、情報の選別に苦労する。

正直、おやつ探しなんて簡単だと思っていた。でも、テレビや雑誌で特集され尽くしている京都で、知る人ぞ知る隠れたグルメを探すのは大変だ。

さんざん悩んだ結果、生八ツ橋《やつはし》入りのどら焼きを買った。和菓子ならば結局、老舗《しにせ》が一番おいしいという、原点に立ち返ったのだ。

しっとりツヤツヤで黄金色の生地と大粒の小倉《おぐら》あんの相性が抜群なのはもちろん、もっちり食感の生八ツ橋とニッキの香りがアクセントになっている。流行《はや》り廃《すた》りのない味で、老舗が作る定番の味がふたつ合わさると、これはもう確実にハズレがない。見た目以上のボリュームで満足感も高かった。きっと、郷さんも気に入る味だろう。

さて、今度はどんな食レポが聞けるかな。

家での昼食後、うきうきしながら古道具屋石川原《いしかわら》に向かった。我が家から徒歩二分とはいえ、強い日差しが肌を突き刺すようだ。つい、駆け足になる。一刻も早く、冷房に包まれたい。

店のガラス戸を開けると、郷さんが小さな白いテディベアを膝《ひざ》の上に置いて、ブラシで優しく撫《な》でていた。

「……」

見てはいけないものを見てしまった気がして、私はガラス戸をそっと閉める。軽くノックしてから、再び、開けた。

「いらっしゃい。雛《ひな》ちゃんが来るの、久しぶりに感じるよ」

顔を上げた郷さんは、テディベアを抱いたままで言う。

ふたりで嵐山《あらしやま》に行ったのが七日で、今日が十三日だから、たしかに日は開いている。

でもまず、テディベアの説明をしてほしい。売り物かもしれないけど、そうじゃない可能性も残っている。「この子、俺の友達なんだ」と言い出しても不思議じゃない人だ。

とりあえず、私はどら焼きを紙袋から差し出した。

「約束したおやつを持って来ました」

「さすが、雛ちゃんは有言実行だね。何を持って来てくれたの？」

「開けてみてください」

郷さんはテディベアを木製のサイドテーブルに置いて、どら焼きの包装紙を鼻歌まじりで開ける。ビリビリ破くのではなく、開ける作業さえ楽しいみたいな丁寧な手つきだ。それを見ているこっちまでうれしくなってくる。

個包装のどら焼きを取り出して、郷さんが言った。

「これ、おいしいよね」

「……知ってたんですか？」

「うん」

がっかりだ。でも、これが好きなら、着眼点は間違っていなかった。次こそは、驚かせてみせる。

「雛ちゃんも食べる？　そっちの椅子《いす》に座ったらいいよ」

と、郷さんは売り物の椅子を指さした。ごくシンプルな丸椅子かと思いきや、座る部分のクッションが、……なんだこれ。ラフレシア？　夢に出てきそうな、サイケデリックな色合いだ。

それにしても、日曜日の営業中の店内でおやつタイムなんて、いいの？　六月に初めて訪れて以来、他のお客さんを見ていない。

ネットサーフィンで閉店した店を見続けた分、不安になった。失礼な質問かも、と思いつつ、好奇心に負けて聞く。

「郷さんって、……いつもこんな感じなんですか？」

「こんな？」

どら焼きを頬《ほお》ばりながら、郷さんが首をかしげた。

うーん。言い方が難しいなあ。

「えっと、……お客さんと雑談したり、おやつを食べたりして過ごしているのかな？　と思って。商品をすすめたり、営業トークをしたりしないんですか？」

「あー、なるほど」

答えを考えるように郷さんが少し黙り、ペットボトルのお茶を飲み干した。

「正直俺は、お客さんとふつうに話すのが一番の営業トークだと思ってる。信用できない相手に、大切な物を売りたくないじゃん？　雛ちゃんが日記を渡しに行った、この間の河野《こうの》さんの場合もそう。あの人が俺に、すっげえ茶器を任せてくれたのは、雛ちゃんについて行ったおかげだよ」

言いながら、すっげえ茶器を思い浮かべたのか、郷さんの目が大きく見開いた。

河野さんの家は広くて立派だった。きっと、所有物もすっごいんだろう。私には骨董《こっとう》の審美眼なんてないけれど、そこまで言うなら見てみたい。

「その茶器って今、お店にあります？」

「いや、俺が買い取りできないような額だったから、仲介料をいただく形でコレクターに紹介した」

ということは、店の売り上げ以外にも収入があるのか。

のほほんとしたおやつタイムも営業努力のうちなんて、商売とは奥深い。ちょっと安心して、私もどら焼きにかぶりつく。

「だから今のところは、雛ちゃんが心配するほど困ってないよ」

内心を見透かされてしまい、思わずむせた。

「……心配なんてしてないです」

「本当に？」

怒らないから正直に言ってごらん？　と言わんばかりに郷さんはニコニコしている。私は観念して、

「少しは……してます。だって、ノートの束もそうですけど、どんな人が買うのか想像できない物ばかり並んでいるから」

ちょっと見回しただけでも、『ひみつ基ち』と書かれたダンボール箱や、どんぶりいっぱいの蟬《せみ》の抜け殻《がら》が目に入る。

「それがいいと思って、俺は仕入れているんだけどね。骨董として、わかりやすい価値がついていない物こそ、おもしろくて」

「え？　……じゃあ、価値がないってわかった上で、お店に置いているんですか？」

「それはちょっと違う。ふつうなら高値がつかないけど、でも価値をつけてくれる人が見つかりそうな品物を選んでいる」

大切な信条を語ってくれた気がするけれど、いまいち理解できなかった。

骨董とは高値がついてこそ、意味があるんじゃないだろうか。だから、お宝鑑定番組でも、出品者は査定金額に一喜一憂するのだ。

そんな感想は顔に出ていたようで、郷さんは「どう言ったらいいかな」とつぶやいて、テディベアに目をやる。

「雛ちゃんはこれを見て、どう思う?」

「どうって……」

「価値が高そう?」

聞かれて、私はまじまじと観察する。

オーソドックスな、足を伸ばして座った形。座高は二十センチほど。素材は白のタオル地。ブラウンのプラスチックアイ。顔のパーツが中心に寄っていて、幼い顔立ちに見える。年代物らしく、特にお腹《なか》が手垢《てあか》のせいか黒っぽい。

「持ってみてもいいですか?」

「どうぞ」

許可を得たので、そっと持ち上げてみる。重さは一キロちょいぐらいかな。

左耳には、黒い丸ボタンで留めたタグがついている。筆記体っぽい刺繍《ししゅう》で、表面に『1265』。裏面に『1990.6.8』。たぶん、シリアルナンバーと製造年月日だろう。これがついているのだから、きっと希少価値があるに違いない。

私は自信を持って言った。

「高いと思います」

「これを持ち込んだ人もそう思ったらしいよ。四十代くらいの男性だった。ドイツの老舗テディベアメーカーが、類似品予防のためにイヤータグをつけているのをうろ覚えで知っていたみたい。でも、このタグにはブランドロゴもないし、首の縫合を見てもらえばわかるけど、明らかに素人の手作りなんだよ。だから俺は、このテディベアに値段はつけられない。そう言ったら、大金を期待していたお客さんは怒って帰っちゃった。店で捨ててくれってさ。つまり、現時点での価値はゼロ円どころか、ゴミの処分代がかかる」

引っかけ問題に、出題者の思惑通りに引っかかったみたいで悔しい。しかも、今の解答では納得できない部分が残る。

「製造年が正しいんだったら、その人は三十年近く、テディベアと暮らしたことになりますよね？　ブランド品と勘違いしたり、手作りだと知らないのは、おかしくないですか？」

「そもそも、製造年とは限らないよ。結婚式の受付に置かれるウェルカムベアとか、出産祝いのファーストベアとか、名前や誕生日を刺繍したテディベアは人気だ。何かの記念品かもしれないね」

「なおさら変ですよ。もらった記念品の出自を知らないとか」

「持ち込んだ人物とテディベアの所有者が別人だと考えみてよ。たとえば、疎遠《そえん》だった兄弟の遺品を受け継いだとか。同棲《どうせい》している彼女と喧嘩《けんか》した腹いせに、彼女が大切にしている所持品を売りに来たとか」

「……そんな修羅場、想像したくないです」

前者はともかく、後者は最悪だ。

「でも少なからず、いるんだよね。家族の持ち物を勝手に持ち出す人。あとでトラブルになりやすいから、見極めるようにしてるけど」

ふたりして無言のまま、テディベアを見た。右腕に比べ、左腕のほうが細い。持ち主が左腕をいつも摑《つか》んでいたせいで、中の綿がへたったんだろう。私の妹が愛用するぬいぐるみもこうなった。持ち主に愛され、たくさん遊ばれた証拠だ。

「本当に捨てちゃうんですか?」

なんだか、迷子の子どもを見捨てる気分で心苦しい。

私が聞くと、郷さんはかぶりを振った。

「しばらくは店に置いとくよ。盗品だと疑わしいときには警察に申告しないといけないんだけど、現段階では微妙だからなあ」

郷さんはスマホをかざし、テディベアの写真を何枚か撮った。

「こんなのはどう?」

と、見せられたのは店のツイッターアカウントだ。いつもは入荷商品を知らせるために使っているのに、今日は『新しく就任した店長です』とテディベアの写真を載せている。

「なんで店長なんです？　『持ち主を探してます』とか書いたらいいじゃないですか」

「探してるって書くと、関係ない人まで所有権を主張する場合があるから」

なるほど。そういう配慮も必要なのか。

でも骨董として価値がつかないテディベアを嘘《うそ》ついてまで欲しがる人なんているのかな？　いたとしたら、どんな人？　本当の所有者かどうかは、どうやって見極めるの？

新たな謎の気配を感じて、ちょっとワクワクしてきた。

「もし、持ち主さんが取りに来たら、私も呼んでもらっていいですか？　真相を知りたいんです。……郷さんが言うみたいに、彼氏が彼女のテディベアを売ろうとするとか、信じたくなくて」

私がお願いすると、郷さんはきさくに引き受けてくれた。

しかしまさか、翌々日に連絡があるとは思ってなかった。

その日は家族で父方の祖父母の家に行って、お墓参りをしていた。車で往復できる距離とはいえ、高速道路は帰省ラッシュで渋滞。家に戻ったのは深夜。

お風呂上がりにスマホを見ると、郷さんからの留守電があった。

「夜遅くにごめん。テディベアの問い合わせがあったんだけど、自分が所有者だという人が……ふたりいるんだ。明日、営業前にふたりと会うことになったんで、興味があったら連絡ください」

2

たったひとつのテディベアにふたりの所有者候補が現れた。

郷さんに折り返し電話して聞いたところによると、ひとりは社会人の女性で、もうひとりは大学生の男性らしい。

それにしても不思議だ。

共有財産でもない限り、どちらかひとりは嘘をついている。あるいは、ふたりとも嘘をついている可能性もある。

あの古いテディベアに、いったいどんな価値が？　まさか、お腹の中に財宝が隠されていたりして？　なんて、現実離れした妄想が膨らんでしまい、寝つけない。

私が寝入ったのは朝方になってからで、目を覚ましたのは約束した十一時の十分前。昨日の帰りが遅かったせいか、家族全員が寝坊していて、誰も起こしてくれなかった。

慌てて支度を済ませると、外は小雨がぱらついている。私は愛用する傘を差した。外側はシンプルな藍《あい》色だけれど、内側は星空がプリントされている。憂鬱《ゆううつ》な雨の日でも、気分が上がるように選んだ物だ。

　古道具屋石川原に着いたが、店の前には傘立てがない。というか、店内にもなかった気がする。いろんな物があるくせに、なぜ必要な物がないんだ。

　どうしようかと迷いながらガラス戸を開けると、すでに人がいた。

　二十代半ばぐらいの女性。蒸し暑いのに、一番上のボタンまでしっかり留めた白シャツにチノパン。ほっそりした顔立ちも相まって、繊細そうな人だと思った。使い込まれたコットンのトートバッグを持っているのを見ると、幼少時代に贈られたテディベアを大切にしていそうな雰囲気はある。

　入口近くの壁に、彼女の物らしい赤い折りたたみ傘が立てかけてあったので、私もその隣に傘を立てた。

　郷さんは私たちを引き合わせて、紹介した。

「こちら、テディベアの持ち主だという奥野夏姫《おくのなつき》さん。こちら、ご近所さんの雛ちゃんです」

　ご近所さんて。でも、他に言いようもないかもしれない。

　そんな紹介に奥野さんは戸惑いつつも会釈《えしゃく》をしてくれたので、私もおじぎを返す。

　もうひとりの所有者候補は遅刻しているようだ。奥野さんが腕時計をちらちら見てから、郷さんに向かって、申し訳なさそうに言った。

「あの、すみません。三十分後には出ないといけないんです。職場の人手が足りなくて」

「お忙しいって言ってましたもんね。ちょっと電話をかけてみます」

「急《せ》かしてしまって、ごめんなさい」

会社員の両親を持つ私は、今の会話にちょっと驚く。郷さんがスマホで電話をかけ出したので、声をひそめて奥野さんに聞いた。

「お盆休みじゃないんですか？」

「父が経営するコンビニで働いているんです。こういう時期こそ、忙しくて」

奥野さんはうつろな目をして続ける。

「ただでさえ人手が足りないのに、学生バイトさんやパートさんが休みを取りますし、客層も変わって、ふだんの土日以上に忙しいです。昨日は昼からシフトに入って、今日の朝方に父と交代しました。勤務外でも、クレーム対応や発注についての電話があるので、ここ数日はあまり眠れてません」

「大変ですね……」

心の底から、そう思った。

そんな忙しい合間を縫ってでも手に入れたい価値が、あのテディベアにはあるようだ。

その価値を早く知りたかったけれど、通話中の郷さんの声から察するに、もうひとりは道に迷っているらしい。もうちょっと時間がかかりそうだ。

店内には、初対面同士のぎこちない空気が漂う。私は気になっていたことを奥野さんに聞いた。

「テディベアのこと、彼氏さんから聞いたんですか？」

私の頭の中には、同棲カップルの修羅場説がまだ残っていた。

しかし奥野さんは、この子は何を言い出したんだ、という困り顔で、「彼氏はいません」と答えた。これじゃあ、ただ失礼なことを聞いた人だ。

「違うんです！　テディベアが持ち込まれた理由を考える推理ごっこをしてまして、その推理のひとつが、彼氏が持ち込んだ説で……」

焦って私が言い訳すると、奥野さんがくすりと笑った。

「ツイッターを見て知ったんです」

スマホでツイッターを見せてくれた。てっきり、郷さんが投稿したツイートかと思ったら、違った。

『！拡散希望！　観光で来た京都駅でキャリーケースを盗まれた。おふくろのテディベアが入ってるから、それだけでも取り返したい!!』

ツイートの投稿時間は三日前の朝。出発前に撮影したらしい、黒のキャリーケースと白いテディベアの写真。一万人以上がリツイートしている。

このツイートを見た人が、郷さんが投稿したテディベア店長ツイートも見たようだ。そして、その情報が投稿主へと届いた。

「……じゃあ、このテディベアを郷さんの店に持ち込んだ人って、置き引きした泥棒ってことですか？」

私が驚いて聞くと、ちょうど電話をおえた郷さんが深くうなずいた。

京都駅周辺にも骨董査定の店ぐらいありそうなものだが、盗んだ場所から少しでも遠ざかりたい心理は想像できる。それに、郷さんの古道具屋はどことなくあやしい店構えだから、後ろめたい感情を持つ人こそ、入りやすかったのかも。

恋人の所持品を勝手に売ろうとした男性がいない代わりに、旅行客を狙った泥棒はいたなんてオチ、現実は残酷だ。でも、善意の人々がツイートを拡散したおかげで、テディベアが見つかった。

しかし何か、引っかかる。ツイートの内容が奥野さんのイメージと合わない。女性が母親をおふくろと呼ぶなんて珍しいし、仕事が忙しいのに観光？

……あれ。いや違う。

奥野さんは、ツイッターを『見て』知ったと言っていた。自分のアカウントならば、『教えてもらった』と言うだろう。

「このアカウントは、奥野さんのですか？」

「それは」

私の質問に奥野さんが答えようとしたとき、背後のガラス戸が開いた。

「あー、最悪。クソ迷った！　湿気がやべえ。暑いし、死ぬ！　なんか、飲みもんない？」

早口に言いながら入ってきた青年の第一印象は、真っ黒だった。

ひょろ長い体のラインにそった、黒の革パンツ。黒の革靴。黒のTシャツは雨のせいか汗なのか、肩と胸のあたりがうっすら濡《ぬ》れている。背負っているギターケースも黒。ブリーチした短髪は白に近く、耳と鼻に銀色のピアス。顎《あご》が尖《とが》った輪郭《りんかく》と三白眼《さんぱくがん》のせいか、死神を彷彿《ほうふつ》とさせた。

場違いなお客さんのリクエストに郷さんはまるで動じないで、「水でいい？」と聞く。売り物のグラスに水を入れて渡した。

……まさか、この人がもうひとりのテディベアの所有者だという大学生？

私はギョッとし、思わず奥野さんを見た。彼女は珍しい物でも見るかのように、じっと彼に見入っている。

郷さんが言った。

「連絡をくれた遊作勇樹《ゆうさくゆうき》くんだよね？」

聞かれた彼は、水を飲みながら、コクコクうなずく。

ああ、やっぱりこの人が、さっきのツイッターアカウントの人なんだ。テディベアと旅しそうなタイプにはけして見えないけど。っていうか、名前みたいな苗字だなあ。

控えめそうな奥野さん、ギタリストの遊作さんと覚えよう。

郷さんは続けて言う。

「奥野さん、こちらが遊作くん。神奈川から京都旅行に来て、テディベアを盗まれた人。遊作くん、こちらが奥野さん。テディベアのイヤータグの日付と同じ日に生まれた人。彼女も、ツイッターを見て連絡をくれた。で、俺は古道具屋石川原の店長で、名前はそのまんま石川原です」

そして、ついでのように付け足した。

「あと、こっちの雛ちゃんは俺のご近所さん」

その紹介に、遊作さんは露骨に顔をゆがめ、「は？」と言う。当然の反応なだけに何も言い返せない。

でもその鋭い眼光は、すぐに奥野さんに注がれた。

「同じ日に生まれたとか、関係なくない？　そんなの、世界中に何万人もいるだろ」

　その指摘には、郷さんが答える。

「俺と遊作くんが投稿していたテディベアの写真には、タグの刺繍が写ってなかった。でも奥野さんは、自分の誕生日と同じ日付の刺繍があるって知っていたんだ。だから、関係ないとは言い切れないと思うよ」

　奥野さんは自分の運転免許証を遊作さんに差し出した。私も後ろからそっと覗《のぞ》き込むと、たしかに、イヤータグの刺繍と同じ日付に生まれている。

　奥野さんがこの場にいる理由を一応は納得したらしく、遊作さんはスマホを取り出した。

「俺はツイッターにログインしてみせたらいいのか？」

　自分のアカウントだと証明するため、その場でログインとログアウトを繰り返した。

「あとこれは、正月に実家で撮った写真」

　テレビ台の上にずらっと並んだ、大小さまざまな十数体のテディベア。白いタオル地のテディベアは、その中心にいる。

「もともと、京都には俺の両親が来る予定だった。直前におふくろが事故って、入院中。腕の骨を折ったけど、元気。予約した宿代とか新幹線代とかもったいないからって俺に。なんか、ぬいぐるみ旅ってのがあるらしいんだけど、知ってる？」

相槌《あいづち》さえ期待していなかったのか、遊作さんは誰の返事も待たずに続ける。

「ぬいぐるみと一緒に旅をしたり、持ち主の代わりにぬいぐるみに旅をさせるやつらしい。大文字《だいもんじ》をバックにしたテディベアの写真を撮るだけで、タダ旅行できるならいいかと思ったけど、それが間違いだった。……警察で盗難届を出したら、何回も聞かれた。『テディベア？　お兄さんがあ？　ぬいぐるみ旅って何？　詳しく聞かせてよお』」

思い出しただけでも悔しかったらしく、苦々しい顔で間延びした口調を再現した。

初めこそ、遊作さんとテディベアの組み合わせにギャップを感じたけれど、語られる内容にはリアリティがある。

遊作さんの証言がひと通りおわると、今度は奥野さんに郷さんが聞いた。

「遊作くんがテディベアをなくしたのは三日前らしいけど、奥野さんは？」

「それが、……二十年以上前です。祖母がバザーに出してしまって。それからずっと探していたんです」

となると、だ。

「遊作さんのお母さんが、奥野さんのテディベアを買い取ったかもしれないんですね？」

私が言うと、奥野さんはうれしそうに大きくうなずいた。

「そうだと思います。ですから、遊作さんにテディベアを譲っていただけないかとご相談に来ました。もちろん、お礼はさせていただきます」

つまり、遊作さんはテディベアの二番目の所有者であり、奥野さんは初代所有者だったってこと？

問題解決かと思いきや、遊作さんが「ムリムリ」と言った。

「売るつもりはないし、それに、べつもんだと思う。俺が盗まれたやつはおふくろが作ったもんだから」

私の仮説は早々に破たんした。でも、奥野さんは諦めがつかないようだ。

「デザインも素材も、タグの日付も同じなんです！」

「似たような形のやつだってあるだろ。同じ本を参考にして作ったとか」

「日付まで同じになりますか？」

「ならないなんて言い切れる？」

ないものを証明しろという、悪魔の証明を持ちかけた遊作さんに、奥野さんは言葉を詰まらせる。

はたから見ていると、奥野さんの劣勢だ。そうなると味方したくなって、私は口を出す。

「遊作さんのお母さんが奥野さんにプレゼントした可能性は？　お母さん同士がお友達で、出産祝いに贈ったとか」

これに異議を唱えたのは、郷さんだった。

「それだと、テディベアをプレゼントしたのも、バザーで買い取ったのも遊作くんのお母さんになるね。プレゼントをくれた相手に、そのプレゼントを売るかな？」

たしかに、心証を考えれば矛盾《むじゅん》が生まれる。

「でも、売ったのはおばあさんなんですよね？　プレゼントしてくれた相手だと知らずに売っちゃったとか」

「それこそ、本人に言わない？『お姑《しゅうとめ》さんが売ってたけど、いらないの？』って。出産祝いを手作りするぐらいの仲ならさ」

「仲がいいからこそ、確認できなかったんじゃないですか」

郷さんみたいな性格ならば、自分のプレゼントが売られているのを見つけても、「趣味に合わなかった？」と相手に聞けるんだろう。

でも、少なくとも私はそうじゃない。言葉を補うならば、「仲がいい（と自分だけが思い込んでいたと気づかされた）からこそ、確認できなかった」だ。とはいえ、親同士の不仲疑惑を子どもの前（いくら、私より年上でも）では、明言しにくい。

これもまた、悪魔の証明じみてくるが、ただ今回に限っては証人がいる。

私と郷さんの言い合いを、手持ちぶさたみたいに聞いていた遊作さんに目を向ける。

「お母さんに話を聞いてもらえませんか？」

「いいけど」

あっさりと言って、スマホで電話をかけた。でも、なかなか出ない。

そういえば、お母さんは入院中だと言っていた。病院で電話に出られるのかな？　待合ならケータイやスマホを使ってもいいんだっけ？

でも結局、電話はつながらなかったようだ。舌打ちして、遊作さんが言った。

「親父《おやじ》にかけたんだけど、出ない。持ち歩くのをよく忘れやがるんだ。夜になったら家に帰ってくるだろうし、そんときなら捕まる」

残念だが、仕方ない。

「奥野さんもお母さんに聞いてもらえませんか？」

と、私が言うと、奥野さんはかぶりを振った。

「母はいません。私が五歳のときに……」

それは奥野さんにとって、今まで何度も聞かれた質問だったんだろう。あえて感情を込めず、淡々《たんたん》と言った。でも私にとっては予想しなかった答えなので、ぶしつけな質問をしたことを謝るべきか、なんでもないふうを装うべきか、一瞬、迷った。こういうとき、同情するほうが、かえって傷つけるかもしれない。

そしてその迷いは確実に伝わったらしく、奥野さんは唇の形だけで微笑《ほほえ》んで、小さくうなずいた。私が抱いた罪悪感を知った上で、許してくれたみたいに見えた。

「私の母はずっと病気がちで、入院することが多かったです。テディベアは、その母が手作りしてくれた物だと思っていました」

奥野さんは誰へともなくつぶやいてから、遊作さんを見る。

「もし本当に、遊作さんのお母さまが作られた物で、それを祖母が知らずに売ってしまっていたなら、ごめんなさい。でも、ときを経て、こうして巡り会えたのは縁があったからですよね？　私に譲ってくれるように、お母さまに頼んでいただけませんか？」

奥野さんがすがるように手を取ろうしたのを、遊作さんは振り払って拒絶した。

「縁？　自分が言ってることわかってんの？　俺のおふくろが、脇見運転の車に轢《ひ》かれたのも、俺が荷物盗まれたのも、あんたのためじゃねえよ。第一、言ってることが嘘くさい。お前らも気づけよ。母親をなくしたばっかの孫が大切にしているテディベアを売るような、そんな鬼婆《おにばば》がいるか？」

賛同者を求めて、遊作さんは私と郷さんを見回した。

そう言われると、たしかにおかしい気もする。

指摘された奥野さんは青ざめた。でもふと笑って、

「そうですよね。……そんな人が、いるわけないですね」

と、ため息まじりに言った。

それを聞いた遊作さんは「ほら見ろ！」と勝ち誇った。

「作り話するなら、せめて、設定を作り込めよ」

でも私はなんだか、そんな鬼婆がいたかもしれないと思った。

奥野さんの言葉を信じるならば、思い出を頼りに二十年以上探してきたテディベアだ。確実に手に入れるためなら、その設定を貫くべきだった。ずるい言い方をすれば、率先して、同情を買うべきだった。

それなのに諦めたのは、ギャップを感じたから。

自分の境遇が他人から嘘だと言われるほど、ありえないと思い知った。だから奥野さんは、自嘲《じちょう》的に笑ってしまった。作り話としてもダメ出しされる、そんな現実に。

「まあなんにしろ、話はお母さんと連絡がついてからでしょ」

張り詰めた空気の中、郷さんがのんびりと言った。

「おい。もう決着しただろ。俺に返せよ」

ムッとした顔で遊作さんが嚙《か》みつく。店内の視線が、奥野さんから郷さんへと移ったその一瞬で、奥野さんが店からするりと出て行った。そのことに一番早く気づいたのは私だった。

追いかけていいのか、悪いのか、迷う。でも、折りたたみ傘が残っていたのを見て、自分の傘と一緒に掴んで店を出た。

さっきより雨足が強くなっている。

「奥野さん、傘！」

私が呼びかけると、奥野さんがゆっくり振り返った。雨が前髪を濡らし、頬へと伝う。もしかして泣いたんじゃないかと、ドキリとする。

奥野さんは何か言いたげに私を見てから、無言のまま折りたたみ傘を受け取った。その場で傘を開くと、その下に私も入れてくれる。そうしてもらって初めて、自分が傘を差していないことに気づいた。慌てて私も傘を開く。

「奥野さんはどのルートで帰るんですか？　駅まで案内しましょうか？」

「わかっているから、大丈夫」

「おうち、近いんですか？」

「枚方《ひらかた》」

じゃあ、ここから一時間ぐらいか。枚方に関する情報が大阪なことと、名前しか知らない遊園地だけだったので、話をうまく広げられない。

歩き出した奥野さんに私もついて歩いた。気まずかったけれど、このまま別れてしまうほうが、後悔する気がした。

左京区《さきょう》を走る私鉄、叡山《えいざん》電車岩倉《いわくら》駅は無人駅だ。改札がなく、線路沿いに小さなプラットホームがあるだけ。行楽シーズンには人でにぎわうのに、雨のせいもあってか、今は私たちふたりきり。

切符を買った奥野さんが、ひさしの下のベンチに座った。その隣に私もおずおずと座る。首筋に流れたのは、冷や汗なのか、雨粒なのか、わからない。

ずっとスマホを見ていた奥野さんが顔を上げた。

「雛ちゃん、だっけ?」

「はい」

「……どうして追いかけて来たの? 傘や道案内のためとは違うやろ?」

店にいたときとは違って、くだけた口調だ。

私が年下だからというのもあるだろうけれど、腹を割って話したいというニュアンスが感じられた。

雨音にまぎれないように、声を張って答える。

「真相を知りたいからです。遊作さんが言ったみたいに、奥野さんが自分の証言が嘘だと認めたとは思いませんでした。郷さんもそう思ったんだと思います」

郷さんは、奥野さんの言葉を嘘だとも本当だとも言わず、中立の立場を守ったまま、彼女を庇《かば》ったように私は感じた。だから私も、自分の立場に忠実になろうと思う。

知りたがりのご近所さん。それが私だ。

「真相？」

奥野さんに聞き返され、私は大きくうなずいた。

「ひとつのテディベアにふたりの所有者候補が現れたから、ひとりは必ず嘘をついていると思いました。でもどちらも嘘をついているようには思えないんです。遊作さんは、奥野さんがテディベアを譲ってほしいと言ったとき、すぐ否定したじゃないですか。いくらもらえるか、金額さえ聞かなかった。きっと、本当に大切な物なんだと思います」

当初のガラの悪ささえ、母親から預かったテディベアをなくした焦りからと考えると、孝行息子な一面が見えてくる。

奥野さんは納得したようにうなずいてから、

「私は？」

「信用できます」

「どうして？」

「ひとつは、郷さんが言ったみたいに、第三者が知りえないタグの情報を知っていたことです。もうひとつが……」

　そう言ってから、ひとつだけでやめとけばよかったと思った。黙った私を奥野さんが、

「もうひとつは?」と急かす。

　私は奥野さんの手元のスマホを見た。通知を告げるランプがチカチカと光っている。

「……あのテディベアはかわいいし、大切にされた物だとはわかるんですけど、郷さんの査定だと、資産価値がありません。仕事を抜け出して、嘘をついた上に、お金を払おうとする理由がわからないんです。そんな理屈に合わないことができるほどの思い入れが、奥野さんにはあるんだと思いました」

　この説明だと、遊作さんや奥野さんが大事に思うテディベアが、私にとっては無価値だと言ったのと同じだ。申し訳なさといたたまれなさがごちゃ混ぜになる。

　でも、奥野さんは気を悪くした様子もなく、逆にホッとしたように肩の力を抜いた。

「……いろいろ聞いているうちに、自分でも、わからんようになってしまって。私の記憶は本物じゃないかもって、ずっと思ってたから」

　本物じゃない記憶?

　まさかここに来て、証言を引っくり返すの?

「どういうことですか？」

「テディベアの写真が一枚もないんよ。遊ぶときも眠るときもずっと一緒におった記憶があるのに、変やろ？　おやつを食べさせようとして、口をカビさせたことも、それを母に直してもらったことも覚えてる。……でも、ドラマとか漫画とかのエピソードを、現実の記憶として覚えてたんかもと疑う気持ちもあってん。だからツイッターで見つけたときはうれしかった。ゆきちゃんが実在するってわかったから」

文脈から考えると、ゆきちゃんはテディベアの名前だろう。私がそれを尋ねるより先に、奥野さんは言い直した。

「テディベアの名前なんよ。真っ白いから、ゆきちゃん」

名前を呼ぶとき、愛《いと》しいものを見るように表情が柔らかくなる。

そのいじらしいしぐさに、私は改めて、奥野さんは嘘をついていないと確信した。

奥野さんが第一の所有者であり、テディベアはバザーに出されたという前提で考えてみると、可能性はふたつ。
①　遊作さんが嘘をついている。
②　遊作さんは嘘をついていないけど、遊作さんのお母さんがテディベアを自作したと嘘をついた。

人気を得るためにデマツイートする人もいるらしいが、遊作さんはぬいぐるみ旅で注目されることを望んでいないと思う。

それよりも、できのいいテディベアを「私が作った」とつい言ってしまうほうが、ありえそう。

そんなことを考えていると、奥野さんが急に、

「さっきの遊作さんは有名人なんかな？　見覚えがある気がしたんやけど」

「どうなんでしょう？　ギターを持っていたから、バンドでもしてるんでしょうか？　動画サイトでミュージックビデオを見たとか？」

私は音楽に明るくないので、戸惑いながらも答えた。

「あ、そうかも？」

と、奥野さんはうなずいたけれど、実のところは納得していないようだった。

ふいに、奥野さんの手元のスマホが震えた。見えてしまった着信は、『父』。

「……どうせなら、全部が嘘やったら、よかったのに」

消え入りそうな声で、奥野さんがポツリとつぶやいた。

聞き返そうかと思ったけれど、奥野さんは電話に出る。

「もしもし、お父さん？　うん、すぐ帰るから」

通話に集中しようと顔をそむけた姿が、私の追及を避けているようにも見えた。

3

奥野さんを見送ったあと、古道具屋石川原に戻ると店の前まで音が漏れていた。中を覗くと、遊作さんがギターを奏でながら歌っている。ガラガラ声の英語歌詞。ヒヤリングにはあまり自信がないけれど、『宇宙の始まりは二日酔いした神さまのゲロ』みたいなことを言っている。

……こういう歌、奥野さんが好きかな？　でも人は見た目によらないと言うし？

気持ちよさそうに、地鳴りみたいなハミングをしていた遊作さんが私を見つけ、はたと手を止めた。

「そうだ、あんた！　こいつに言ってくれよ。さっきから頼んでんのに、テディベアを返してくれねえ」

頬に突き刺すように遊作さんから指をさされた郷さんは、その指を掴んだ。

「この場合、即時取得が成り立つと思う」

「は？」

「民法第百九十二条。『取引行為によって、平穏に、かつ、公然と動産の占有を始めた者は、善意であり、かつ、過失がないときは、即時にその動産について行使する権利を取得する』」

急にそらんじ始めた郷さんに私は驚く。この人の知識は民法にまで通じているのか。

「盗品であっても、それを知らないまま引き取った俺に、テディベアの所有権があるってこと」

いや、あなたは盗品だと疑っていたふしがありましたよ。と、内心ツッコミつつも、口には出さなかった。

郷さんに所有権があれば、奥野さんがテディベアを手にする確率が上がる。

駅での会話から、私は奥野さんに肩入れしていた。

遊作さんは、手押し相撲《ずもう》のように郷さんの手を押しながら言い返す。

「取り戻したかったら、あんたから買えってか？」

「いや、第百九十三条でこう言っている。『前条の場合において、占有物が盗品又は遺失物であるときは、被害者又は遺失者は、盗難又は遺失の時から二年間、占有者に対してその物の回復を請求することができる』。今回のケースなら、無償で取り戻せる」

それを聞いて、遊作さんの腕の力がゆるんだ。するとその隙《すき》をついて、力関係が一転する。あっという間に、郷さんが遊作さんに覆いかぶさるような体勢になった。

「……なーんて。今の話、どこまで信じた？」

どんな顔で郷さんがそれを言ったのか、私の立ち位置からは見えなかった。でもきっと、悪い表情を浮かべていたんだろう。背中をのけぞらせた遊作さんは信じられないとばかりに目を見張った。

「嘘だったんですか？」

私が思わず言った。

「雛ちゃんはなんで、俺が民法を覚えていると思ったの？」

改めて聞かれると、答えに困る。

「記憶力がいい人だし、スラスラと言うから、てっきり暗記しているんだと」

「今までの経験と照らし合わせて、そう思ったんだね。じゃあ、遊作くんはなんで？」

苦しい体勢のせいか、それとも理不尽なやり取りに腹を立てたのか、遊作さんの額《ひたい》に血管が浮かぶ。

「……あんた、店長なんだろ。商売に関する法律は知ってそう」

それでもちゃんと返事するあたり、人のよさが垣間《かいま》見える。

「それっぽい人がそれっぽい知識を披露すると、無条件で信じちゃうよね。でも、無償で取り戻せることは本当だよ。調べたらすぐわかるだろうけど」

郷さんは、混乱した現状をさらに混ぜっ返すように言葉を重ねた。

嘘なの？　嘘じゃないの？　どっち？

ごちゃついた頭で私は考えて、……そしてやっと気づく。

奥野さんを嘘つきだと断定した遊作さんに対して、郷さんは実は怒っていたんだ。だから、すぐには見抜けない嘘をついたようにふるまって、遊作さん（と、ついでに私）を煙に巻き、人の判断力がどれほど先入観によって左右されるか、証明してみせた。

こんなやり方は郷さんらしくない。でも、そう思ったのは、私が郷さんのことをよく知らないせいかもしれない。先日の日記の件を通して、深い付き合いをしたつもりでいたけど、出会ってからまだ二カ月にも満たない。

やがて、押し負けた遊作さんが尻餅《しりもち》をついた。とっさにギターが傷つかないように抱きかかえたせいで受け身も取れず、痛そうな鈍い音がした。

「〜〜〜〜ッ！」

声にならない悲鳴を上げる。三白眼に涙を溜めて、郷さんを睨《にら》み上げた。

こういういざこざを見ていると、ミステリスイッチがオフになって、お姉ちゃんスイッチがオンになってしまう。

郷さんもやりすぎだと言いたかったけれど、一戦を交えた男同士が強い信頼関係で結ばれることが、現実でも起きるらしい。

遊作さんはギターを一度、ギユッと抱きしめてから、郷さんに差し出した。

「これ、担保にするからテディベアと交換してくれよ。どうしても今夜、写真を撮りたいんだ。荷物が盗難にあったことはまだ、親に言ってない。ちゃんと言うけど、……俺も、テディベアも、とりあえず心配しなくていいって、教えてやりたい」

郷さんもそうだけど、遊作さんは第一印象で損をしがちなタイプだ。

奥野さんの話を嘘だと思い込んだのは、彼が、夫婦旅行を計画するほど仲がいい両親の下で育ったから。ぬいぐるみ旅だって、タダ旅行とうそぶいてみたところで本当は、入院する母親を励ますためだろう。

遊作さんは続ける。

「テディベアを作るのはおふくろの趣味だけど、誰かにあげたなんて話、聞いたことない。でも、……あのお姉さんが嘘ついてないんだったら、黙っているほうがまずいよな。俺は明日の新幹線で帰る予定だけど、今晩親父と電話がつながんなくても絶対、連絡する」

郷さんは少し迷うように、視線をさまよわせた。

遊作さんを見て、私を見て、そしてなぜか天井を見た。

それからギターを受け取って、そのまま二階への階段を上がっていった。

「上、何があんの？」

遊作さんに聞かれたが、私はかぶりを振った。

「知らないです。倉庫じゃないですか？」

「あんた、常連だろ？」

「お客さんというより、……ご近所さんというか、おやつ仲間？」

自分で言いながらも、要領を得ない。

遊作さんは興味なさそうに、「へー」と言う。私はちょっとムキになった。

「この間は、日記の謎を一緒に解き明かしました。昭和初期に書かれた日記で、作者不明だったんですけど、文中のヒントから、見事、ご遺族を見つけまして」

ダイジェスト版を語ろうとすると、遊作さんはあきれた。

「だから、いたんだ？　いっつもこんなふうに首突っ込んでんの？」

なんだか急に恥ずかしくなった。

「いつもってほどでは」

「どうでもいいけどさあ。……さっきのお姉さん、なんか言ってた？　俺のこと、怒ってた？」

「何も。ただ、テディベアはゆきちゃんっていう名前だそうです」

「ふーん」

「遊作さんは名前をつけたりしなかったんですか？」

期待薄で聞くと、意外にも答えが返ってきた。

「ミット」

「ミット？」

「野球少年だったころ、ボールの的代わりにしてたから。本気投げじゃなくて、フォームの確認がてら、軽いやつ。でもおふくろに見つかって、すげえ怒られた。そんときに聞いたんだよ、おふくろの手作りだって」

そりゃあ怒られるよ。テディベアのお腹が黒かったのは、遊作さんのせい？

「そのすぐあとにいろいろあって、俺は野球と高校も辞めた。……あー、思い出した。そのころだよ。おふくろがテディベアを量産し始めたのって。ずらっと並んだテディベアを見ると、うわって思ってドンビキするし、遊びに来た友達に見られるのもすげえ嫌で嫌で仕方なかったけど、今考えたら、俺のせいか。……そんなの、関係ねえのに」

バカじゃん、と言いながらも、思い出にふける遊作さんの目は優しい。

高校中退がサラッと語られたけれど、今は大学生らしいから、受験で苦労しただろう。

遊作さんも、自分に都合のいい嘘をつくような人には見えなかった。

ほどなくして、郷さんがテディベアを抱えて下りてきた。

「遊作くん、あとで一緒に警察に行こうか。盗難届を出している物が出てきたわけだし、書類上の手続きがあるはず」

と、言う声を遮《さえぎ》って、遊作さんが「よっしゃ！」と叫んだ。しかもその際、テディベアの首を摑んで奪うように取り上げたものだから、郷さんと手押し相撲第二戦が勃発《ぼっぱつ》した。


私は家に帰ってからも気になって、民法を調べてみた。すると、郷さんがそらんじていた内容と一言一句同じ文面が見つかった。

郷さんが「今回のケースなら」とあえて言ったのは、第百九十四条で『占有者が、盗品又は遺失物を、競売若《も》しくは公《おおやけ》の市場において、又はその物と同種の物を販売する商人から、善意で買い受けたときは、被害者又は遺失者は、占有者が支払った代価を弁償しなければ、その物を回復することができない』とあり、盗品とはいえ買い戻さないといけないケースがあるから。

ただし、テディベアをゼロ円で仕入れたから無料なのではなく、郷さんは古道具屋だから、古物営業法が絡んでくる。古物商が買い受けた物に関しては、盗難や紛失から一年以内に請求すれば、無償で取り戻せる。

それだったら、どうして民法を持ち出したんだと思ったけれど、こうして調べてみなければ、そんな疑問さえ浮かばなかっただろう。

あの一連の流れは、本当に煙に巻くため？

相手に知識がないのをいいことに他人を手玉に取る悪い大人がいると、教えてくれた？

考えても答えは出ない。直接聞いても、はぐらかされる気がする。知れば知るほど、わからない人だ。

旧字体の難しさとはまた違った、読み慣れない民法の世界に浸かって、どっと疲れた。

でも休むひまもなく、夜は家族と五山《ござん》送り火を見に行った。

遊作さんは大文字と言ったし、大文字が一番有名だけど、私は五山送り火という表記が好きだ。名前通り、五つの山で開催されるかと思いきや、六つの山で構成されている。

東山如意ケ嶽《ひがしやまにょいがたけ》の『大文字』、大北山《おおきたやま》の『左大文字』、西賀茂船山《にしがもふねやま》の『船形《ふながた》』、曼荼羅山《まんだらやま》の『鳥居形《とりいがた》』。そして、ふたつでひとつと数えられる松ケ崎西山《まつがさきにしやま》と東山の『妙』と『法』。

京都の夏の風物詩には叙述《じょじゅつ》トリックが使われている。

毎年この時期は、父の会社の同僚宅に家族でお呼ばれする。そこは銀閣寺《ぎんかくじ》の近くで、庭から大文字が見える。十年ほど前から、知り合い家族を集めたパーティが恒例だ。親同士の仲がいいせいか、学区が違う子どもたちも仲がいい。

去年は私が受験勉強で参加しなかったが、今年は中二の弟が友達と見に行くと言って、不参加。

はしゃぐ小学生組にも、晩酌《ばんしゃく》する大人組にも私は交ざれず、キッチンで料理を作るお手伝いをした。忙しくしていると、庭から誰かの明るい声が聞こえた。

「そろそろ点火時間やし、みんな集合ー！」

庭に集まった十数人が、かたずをのんで夜空を見上げる。

夕方あたりからスッキリと晴れ、空気中が洗われたように涼しい夜だ。

真っ黒な山に赤い炎の大文字が浮かび上がった瞬間、大きな歓声が沸いた。ご先祖さまを送るお盆行事なのに、どこかお祭りムードだ。親たちがビールで乾杯すると、子どももそれをマネして、ジュースで乾杯する。

私は、物心ついてから近親者を亡くしたことがないせいか、お墓参りをしても、送り火を見ても、頭に思い浮かべる人はいない。

でも今日は、駅で別れた奥野さんのさみしげな横顔を思い出した。

——どうせなら、全部が嘘やったら、よかったのに。

私は真相を知りたいと言いながらも、他人の心の奥に踏み込むことを躊躇《ちゅうちょ》してしまう。

つらい経験をすれば、誰かの痛みに寄り添えるようになるんだろうか？

大切な人を亡くしたこともなく、大切な人が事故にあってもいない。

そんなしあわせな生活が、それでも少し、むなしく感じた。

4

翌朝、目覚めて一番にスマホを見た。でも、郷さんからの続報はない。

遊作さんのツイッターには、ビアガーテンから撮影したらしい、大文字をバックにしたテディベアの写真が投稿されている。すっごく楽しそう。でも奥野さんのことを考えると、素直に喜べない。

お盆休みがおわった両親は出勤し、弟たちと妹も遊びに出かけたので、家には私ひとり。来週から夏期講習がまた始まるまで、お昼ごはん担当は私。宿題をしながら献立を考えていると、昨夜のパーティで言われたセリフを思い出した。

「雛ちゃん、高校で馴染《なじ》めてる？」

子育ての話で盛り上がりすぎて、そんなふうに心配されてしまった。たしかに同世代より、お母さま方とのほうが話は合う気がする。

私のおやつ探しが難航したのも、この苦手意識のせいだ。

一番仲がいい薫《かおる》は気分屋なので、LINE《ライン》の返信が遅い。それでまず、心がくじけてしまったけれど、ちょっと勇気を出して、疎遠になっていた友達にも『オススメのおやつを教えて』とメッセージを送ってみた。特に、宵山《よいやま》の夜に五年ぶりの再会をして連絡先を交換したにもかかわらず、挨拶《あいさつ》以外のやり取りをしていなかった子に送るときは緊張した。

でも、一番に返信してくれたのは彼女で、抹茶《まっちゃ》スイーツを食べに行く約束をした。

ホッとしたのと同時に、申し訳なくなった。

壁を作っていたのは私だったんだ。

次々と届くおやつ情報に返信をしていると、郷さんから電話があった。慌てて出る。

「もしもし！」

「あー、もしもし、雛ちゃん？　遊作くんが帰る前に、お母さんとビデオ通話をする予定になったんだけど、雛ちゃんはどうす」

「行きます！」

私が食い気味で言うと、郷さんが笑う。

「時間と場所ぐらい聞こう？」

はい、そうですね。

時間は病院の面会時間が始まる、十三時。場所は郷さんの店。

遊作さんはともかく、奥野さんも来るらしい。

「他に聞いておきたいことある?」

と、聞かれたので目下の悩みを相談した。

「お昼ごはん、何食べたいですか? 昼食当番なんです」

「なんか、お母さんみたいな悩みだね」

そう言いつつも、「トマトとツナをのっけたソーメン」と教えてくれた。


切ってのせただけなのに、トマトとツナのソーメンは好評だった。

食べてすぐ遊びに出かける小学生組を見ると、私にもこんな時代があったのかな、と思いをはせてしまう。……私のこういうところが高校生らしくないって、お母さま方に心配される要因なんだよね。

時間通りに店に着くと、だっこ紐《ひも》でテディベアを胸に抱いた遊作さんがいた。コメントに困ったけど、本人は開き直っている様子だ。堂々とした態度を見ると、こういうファッションかな？　なんて思えてくるから、不思議だ。

奥野さんだけが遅刻していた。その理由を郷さんが説明した。

「路線を間違えたみたいで、今、タクシーでこっちに向かってる」

じゃあ、岩倉駅を通る鞍馬《くらま》線ではなく、比叡山《ひえいざん》に向かう叡山本線に乗ったんだろう。しっかりしてそうに見えたのに、うっかりミスするなんて意外だ。でもふだん使わない路線だから仕方ないかもと、ひとり納得していると、情報が付け足される。

「来るはずだった深夜シフトのバイトが来なくて、徹夜明けらしいよ」

かわいそう！　近場だったら、私がバイトしてあげたい。

遊作さんがスマホをいじりながら言う。

「新幹線の時間が迫ってるから、あんま、待てない」

どこかふてくされたように見える。遊作さんだって本当は、奥野さんを待ちたいんだろう。

ふいに電話が鳴った。遊作さんのスマホだ。ビデオ通話なのに、スマホの画面いっぱいに肌色が映る。

「おーい。勇樹くん。見えてる？」

男性の声だ。遊作さんのお父さんっぽい。

「見えてねえよ！」

遊作さんが鋭くツッコむと、次に女性が映る。

あ、遊作さんはお母さん似なんだなあ。細い遊作さんに比べ、お母さんはぽっちゃりしているせいか、三白眼の鋭い印象がだいぶ和《やわ》らいで、優しそうな人だ。ギプスのついた右腕を三角巾で吊《つ》っている。

「ゆうちゃん、大丈夫？　ケガしてない？　ご飯は食べた？」

心配そうな声で、ゆうちゃんと呼ばれた瞬間、遊作さんの眉間《みけん》に皺《しわ》が寄った。

この反応、弟たちで見たことがある。私は気にしないけれど、家での呼び方を他人の前でされたくないのが繊細な男心らしい。

遊作さんは諦めたように息を吐く。

「……元気。財布もスマホもギターケースに入れてたから、なんとかなった。旅館の飯もうまかった。おふくろが言ってた、漬けもんのビュッフェもあったよ。……昨日、親父にも言ったけど、テディベアも見つかった」

「あ、そうだ。テディベアを見つけてくれた人は？　その場にいるの？」

すると郷さんがひょいと顔を出して、手を振った。

「こんにちは。京都で古道具屋を営んでいる石川原です」

「あら、ご丁寧にすみません。息子ともどもお世話になりまして」

「いえ、いいんですよ。困ったときはお互いさまですから」

「まあ、なんていい人！　ゆうちゃんもお礼をちゃんと言った？」

何やら、世間話が始まってしまった。ギプスこそ痛々しいが、お母さんはすこぶる元気そうだ。

遊作さんの眉間の皺がさらに深まる。尖った声で言った。

「そんなのどうでもいいから、テディベアのことなんだけど！」

本題を切り出そうとしたそのとき、ガラス戸が開いた。

「すみません。ぼうっとしてて、間違えてしまって……」

息を切らした奥野さんが苦しそうに胸を押さえ、飛び込んできた。よかった。間に合った。

私はホッとして、「ちょうど始まったところです」と言った。奥野さんが浅い呼吸を繰り返しながら顔を上げる。

「厚かましいお願いだと、存じますが、私、どうしても譲っていただきたくて……」

そう言いながら、遊作さんがかざしたスマホに映った女性を見た瞬間、奥野さんは息をのんだ。そしてその緊張は、スマホ越しにお母さんにも伝わった。

「なつちゃん……なの？」

震える声に呼ばれ、奥野さんの顔がこわばった。

奥野さんの名前は夏姫だ。なつちゃんと呼ばれてもおかしくない。

大人の女性を親し気に呼ぶんだから、遊作さんのお母さんは、奥野さんを知っているんだろう。でも、それにしては、穏やかな空気じゃない。

届くわけもないのに、お母さんがこっちに向かって手を伸ばした。それを見た奥野さんは立ち尽くしたまま、胸に置いた拳《こぶし》をぎゅっと握った。青ざめて引きつった顔で言う。

「……お母さん？」

辺りが急にシンとした。

ワンテンポ遅れて、私にも衝撃が走る。

「え？　だって！　奥野さんのお母さんは五歳のときに亡くなったんじゃあ」

思わず言うと、遊作さんも小刻みにうなずいた。それに答えたのは郷さんだった。

「いないとは言ったけど、亡くなったとは言ってなかったよ」

あの状況だったら、死んだと思うに決まってんじゃん！

叫び出したい気分だったけど、私よりもショックを受けている遊作さんがいるからか、ほんのちょっとだけ冷静になれた。

うん。整理してみよう。

「えっと、じゃあ……、つまり？　テディベアを作ったのは遊作さんのお母さんというか、奥野さんのお母さんでもあって？　奥野さんのお父さんと離婚した際にお母さんがテディベアを持って行ったんですか？　それをおばあさんがバザーに出したと嘘をついた？」

口に出すと、余計混乱した。

なぜ、バザー？

ひとつわかったと思ったら、またひとつわからなくなる。

答えを求めて、私は奥野さんを見た。彼女は、スマホを通してお母さんを見ている。

「私が五歳のとき……母は」

一度、言葉を区切り、続きを言うのをためらって、眉をひそめる。入店してから、ずっと外さなかったお母さんへの視線を初めてそらし、言った。

「私を捨てたと……」

それを聞いた途端、お母さんが泣き崩れた。

悲鳴のような、咆哮《ほうこう》のような。

こんなふうに取り乱す姿を直視してはいけない気がした。でもこれこそが、私が望んだ真相なのだ。

泣きながら謝るお母さんの言葉と、当時を知るお父さんが補完した情報をまとめるとこうなる。

お産は早産で、赤ちゃんは仮死状態で生まれた。

新生児用の集中治療室に入り、治療の甲斐《かい》あって息を吹き返したものの、予断を許さない状況だった。お母さんは出産の喜びよりも、小さな命を失う恐怖に支配された。

お母さんが退院したあとも、赤ちゃんはしばらく入院生活が続く。健康に生んであげられなかった自分をずっと責め続けた。

お母さんが病気がちだったのは、精神的に参ってしまったせいだ。テレビのオムツＣＭに映る健康な赤ちゃんさえ、妬《ねた》ましかった。世話を焼いてくれる姑が、何かと兄家族と比較するのもつらかった。

最後まで、鬱病に理解が得られることはなかった。「ぐーたら」「なまけもの」と姑に繰り返し叱《しか》られるたび、自分でもそう思い込んだ。

夫から離婚を切り出されても、こんな母親はいないほうが娘のためだと思い、同意した。

家から持ち出したのはたったひとつ。

奥野さんが生まれたときの体重に合わせて作った、千二百六十五グラムのテディベア。

低体重だった赤ちゃんが後遺症もなく、スクスクと育ってくれたことがうれしかったが、でもその成長をそばで見守ることはできないんだと思うと、どうしても離れがたかった。

地元に戻って療養する、つらい時期を支えてくれた幼なじみが今の旦那《だんな》さん。心身ともに回復したあと、娘との面会交流を希望するが、拒絶された。離婚から半年が経《た》ち、今更、母親と会うことが子どものためにはならないというのが、父親の言い分だった。

弁護士に相談したけれど、どうにもならなかった。家庭裁判所に調停を申し立てたとしても、そこで取りつけた約束が守られるとは限らないそうだ。

やがて、今の旦那さんの父親に介護が必要になり、そのためもあって結婚した。

「ごめんね。ゆきちゃんをお母さんが連れ出してしまって。……二重にさみしい思いをさせたよね」

謝るお母さんの声にかぶって、画面の横から、お父さんが「そうか！」と叫んだ。

「ゆきちゃんか！　そうか。だから、ああ……」

何か気づいたようだが、ひとりで納得している。遊作さんが焦《じ》れたようにスマホを覗き込んだ。

「説明しろよ！」

「あ、そうか。そうだなあ……」

スマホにお父さんが映った。緊張した面持ちで、小さく咳《せき》払いをした。

「お母さんが勇樹くんを妊娠したとき、女の子が生まれるとずっと思っていたんだ。それで考えていた名前が、ゆき。でも生まれてみたら男だったから、……いや！　お父さんはうれしかったよ。男の子！　あ、もちろん、お母さんもおじいちゃんもおばあちゃんもひいばあちゃんも、男の子ですごく喜んでいた。生まれたのが勇樹くんでよかった。苦労はあったけど、今日までたくさんしあわせだった。もちろん、これからもね！　でも出産予定日が冬だから、ゆきかと思っていたら、そうか……。夏姫さんの友達の名前からもらったんだねえ」

話があっちこっちに飛ぶが、お父さんの人のよさがよくわかる。息子へのフォローを忘れないし、テディベアを「夏姫さんの友達」と呼んだ。

遊作さんはスマホから顔を離すと、奥野さんをおそるおそる指さした。

「……俺の名づけ親で、父親違いの姉ちゃん？」

それを受けて、奥野さんはコクリとうなずく。

「そうみたいです……」

お互いの存在すら知らなかった姉と弟が、無言で見つめ合った。

まさか、古いテディベアがこんな真相に行き着くとは……。

奥野さんが遊作さんに見覚えがあったのは、彼から母親の面影を感じ取っていたからだろう。

ショック状態から先に目覚めたのは、遊作さんだった。

「持っとけ」

と、私にスマホを投げてよこした。一度取りこぼしたものの、床に落とす前になんとかキャッチ。

遊作さんはギターケースのポケットから財布を取り出す。レシートと紙幣《しへい》を床にぶちまけ、発掘した切符を奥野さんに差し出した。

「今日の新幹線のチケット。これなら、病院の面会時間内に着く。会って話したら？」

面食らった奥野さんは、遊作さんと切符を見比べた。

「でも、……あなたが」

「夏休みはまだあるから、帰るのは今日じゃなくていいし」

そう言って、奥野さんの手に切符を握らせる。

「昨日は疑って悪かった。嘘をついたのはあんたじゃなくて、育ての親だ。仕事でも、こき使われてるみたいだし。そんなとこ、出たら？」

なあ、と同意を求めるように遊作さんはこっちを見た。私というより、スマホ越しに両親を見たんだろう。

お母さんはもちろん、お父さんも大きくうなずいた。

「なつちゃんがいいなら、ずっとこっちにいたらいいのよ」

「そうだよ。住まいも就職も結婚も、どーんと任せて」

ずっとしこりになっていた後悔が、一番いい形で解消される。そんな喜びに満ちた歓迎ムードの遊作家とは違い、奥野さんは気持ちが追いつかないようだった。切符を見つめ、

「そっか」とつぶやく。

「ずっと、嘘をつかれていたんですね……。父にも祖母にも」

泣くとか、怒るとか、悲しむとか。

そんな感情なら、私は理解できたんだろう。

でも奥野さんの胸の内にうずまいた衝動は、そんなものじゃなかった。

ただ、無表情に。

ただ、淡々と。

そして最後には、口元に小さな笑みを浮かべ、

「みんな、……嘘つきだった」

と言ったのだ。

遊作家と奥野さんの、その温度差にゾッとした。

私は思わず、スマホを手放した。彼女の視界に入れてはダメだと、本能的に思ったのだ。

遊作さんの悲鳴と、視界が急に切り変わっただろうお父さんとお母さんの驚く声が聞こえた。

でも私は全部スルーして、奥野さんに目を離さないまま、言った。

「奥野さん、あの……私」

自分の言葉が、他人を傷つけるかもしれないと思ったら、足元から震えが上がってくる。

でも、痛みを我慢する人を見ないふりするほうが嫌だ。

「おばあさんは、お母さんに対しては恨む気持ちがあったから、……捨てたなんて言ったと思います。でも、テディベアは違う。だって奥野さんが大切にしている物だとわかっていたから。だから、バザーに出したと嘘をついたんじゃないでしょうか。……ちゃんと大切にしてくれるところに行ったと、奥野さんに思ってもらいたくて」

昨日、遊作さんは、母親の形見と言えるテディベアを売るような鬼婆はいないと言った。

私はいたかもしれないと思った。

けど、本当にいたのは、片親になった息子の子どもをがんばって育てたおばあさんじゃないだろうか？

　雨の中、私を傘の下に入れてくれた奥野さんを思い出す。嘘つき呼ばわりされたすぐあとでも、他人を気遣える性格になったのは、優しい人が彼女のそばにいたからだ。

「愛情に満ちた嘘だって、あったんじゃないでしょうか？」

　願いを込めて私が言うと、奥野さんは虚《きょ》をつかれたように、目を見張る。それから、ふと笑った。

　少しの諦めと、そして本当に小さな希望をにじませて。

「それが真相やったら、ええね」

　奥野さんがそう言いながら、切符をかざして私に見せた。

「確認してきたら、話を聞いてもらってもええかな？」

「はい！」

　うれしくなってうなずくと、「お前さあ……」と、下から遊作さんが睨んでくる。私が放り出したスマホを、スライディングキャッチしていた。しかも、胸に抱いたテディベアを潰さないよう、背中から滑り込んでいる。

「さすが、元野球少年！」

　私が思わず言うと、怒鳴り返された。

「ちげーだろ、謝れよ！」

「ごめんなさい」

「謝んなよ！　謝られると、怒れねえだろ！」

どっちなんだ？

遊作さんはスマホを覗き込むと、「今から、駅まで送ってくから」と言って電話を切った。当初から言っていたが、新幹線の時間が迫っているらしい。

「ここから京都駅なら、タクシーと電車、どっちが速い？」

私と郷さん、どちらへともなく遊作さんが聞くが、ふたりして「あー」とつぶやいた。

「たぶんタクシーですけど……、どっちもどっちですかね？」

「京都駅に近くなるほど、車が混むから、ちょっと読めないね。地下鉄のほうがいいのかな？」

夏休み中だし、しかも五山送り火の翌日だ。混雑が目に浮かぶ。

頼りない現地人をしり目に、本来の自分を取り戻した奥野さんが素早く決断した。

「まず最寄り駅まで向かって、タクシーがいたらつかまえます。いろいろ、ありがとうございました」

店を出ようとした奥野さんを遊作さんが「ちょ、待って」と呼び止めた。だっこ紐を外し、テディベアを奥野さんに差し出す。

「これ、あんたのだろ」

奥野さんは切符を渡されたとき以上に驚いた。

まるで、自分が触れると壊れてしまうと信じ込んでいるみたいに、ただ見入っている。

二十年以上探し求めていたテディベア。

それがいざ手に入るとなると、喜ぶどころか、躊躇してしまう。

奥野さんとテディベアが離れていた時間を象徴する光景だった。短気に見えた遊作さんも、彼女の心の準備が整うまで、我慢強く待つ。

やがて、奥野さんの両手がテディベアに伸びる。か細く震える両手をテディベアの両脇に添え、大切そうにそっと受け取った。その瞬間、顔のこわばりがほどけ、プレゼントをもらった子どもみたいに瞳が輝いた。

それを見たら、これでよかったんだと思った。

奥野さん自身の問題解決はまだ先だろうけれど、テディベアは本来の持ち主の手に戻った。それに彼女と一緒に悩み、支えてくれる人たちもいる。

奥野さんが見つける真相はきっと、いいエンディングに向かうだろう。

ガラス戸が閉まりきる最後まで、奥野さんは何度も何度も頭を下げ、そんな彼女を遊作さんが急かす。なんだかいいコンビに見えた。

ふたりが去ったあと、心地よい余韻《よいん》が胸に広がった。でも私には、もうひとつの謎が残っている。

さて。

「郷さん、聞いていいですか？」

「なあに、雛ちゃん」

「郷さんはいつ、あのテディベアが奥野さんのために作られた物だと確信したんですか？」

犯人をズバリ言い当てた探偵の気分だったのに、郷さんは首をかしげるだけ。私は追及を続ける。

「遊作さんがテディベアの首を持ったら怒ったじゃないですか。制作者が込めた思いがわかっていたんでしょ？　四桁《けた》の数字の並びからピンと来たんですか？」

「いや、新生児はだいたい、三キロじゃん。遊作くんがリビングの写真を見せてくれたとき、他のテディベアの状態はよかった。綿を入れ替える技術もあるだろうに、どうして直さないんだろうと思ったら、現状維持することに意味があるんだろうと推測して」

郷さんの自供を聞きながら、気になる単語を耳が拾う。

『綿』『直さない』『現状維持』『意味がある』

つまり、テディベアのへたり具合とお母さんを関連づけていた？

「……もしかして、奥野さんと遊作さんのお母さんが同一人物だと、昨日の時点で気づいてました？」

「うん」

「言ってよ！」

思わずタメ口でツッコんだ。

その剣幕に郷さんもちょっと驚く。

私が右往左往する間も、郷さんはひとりわかっていたんだと思うと、悔しくて、悔しくて、悔しくて、……悔しい！

ギリギリと歯噛みする私をなだめるように郷さんが言う。

「でも、その時点で俺が言ったら、変なムードになっていたよ。きっと、誰も信じない。今日、当事者たちが言ったから、意味があったんだよ」

もっともらしく聞こえるけれど、私が気になったのはそこじゃない。

「……せめて私には、教えてくれてもよかったじゃないですか」

郷さんの言葉を他の誰も信用しなくても、私は郷さんを信じる。こんなことで嘘をつく人じゃないと知っているから。

でも私が信用するほど、郷さんは私を信じていないのかとさみしくなった。

テディベアの謎は見抜けても、この気持ちは見抜いてくれないのかな……？

落ち込む私に対して、郷さんは悪びれるどころかキョトンとして、

「雛ちゃんは自分で推理したいかと思って」

なんて言うから、脱力する。

……あー、そっか。

郷さんは私が自力で真相に行き着くと思ったからこそ、言わなかったのか。これはこれで、信頼の形だ。

ホッとしたのもつかの間、重い責任を負った気がする。郷さんの思考回路に追いつくためには、どれほどの知識を詰め込まなきゃいけないんだろう。

骨董の審美眼どころか、民法、さらには新生児の平均体重？

私は頭を抱え、以前すすめられたときには座らなかったラフレシアの丸椅子に腰かけた。

それを見た郷さんはちょっと意外そうに、それでいてうれしそうな顔をする。

「郷さんの勉強法を教えてください」

それから始まった話は、次のお客さんが来る二時間後まで尽きなかった。

三章

ときが止まった時計

1

夏休み中の日曜日は少し憂鬱《ゆううつ》だ。休みを一日分、損した気がする。

でも、友達と会う約束をした日曜日は別格。

その日が来るのが待ち遠しくて、減っていく夏休みの悲しさを上回るぐらい楽しみだった。

八月二十日。昼前、市バスに乗って、待ち合わせた四条大橋《しじょうおおはし》へ向かう。遅刻ギリギリだったので焦った。

気温が三十度を超える日。首や額《ひたい》に掻《か》いた汗をぬぐいながら、人ごみの中を探す。

鴨川《かもがわ》へと下りる階段付近で、待ち合わせ相手のコジちゃんを見つけ、声をかけようとした。でも、なんて言ったらいい？　昔みたいにコジちゃんと呼んでいいんだろうか。

私とコジちゃんは小学生を対象にしたそろばん塾の塾生仲間。塾では一番仲がよかったが、五年前にコジちゃんの親の転勤が決まり、東京に引っ越した。先月再会したばかりだし、彼女のほうが一個年上だ。苗字で呼んだほうがいいのかな。

私が第一声を迷ううちに距離が縮まっていく。あと一メートルというとき、コジちゃんが私に気づいた。私を見て、うれしそうに言う。

「メーちゃん」

そう呼ばれた途端、一気に懐かしさが込み上げた。

私の名前に『め』はつかないし、コジちゃんのフルネームは木本美空《きもとみそら》なので、『こじ』はつかない。

それでもなぜ、メーちゃんであり、コジちゃんなのか、と言えば、私たちの中でどうぶつ占いが流行《はや》った時期があったからだ。私はひつじで、コジちゃんはこじか。ひつじの鳴き声の「メー」と、鳴き声がわからないこじかの「コジ」が、あだ名として採用された。子どもがつけるあだ名なんて、ときに不条理なものだ。

「久しぶりやんね。なんや、昔のまんま……」

駆け寄って私が言うと、コジちゃんは怒ったような表情を作りつつも、それでも声は笑いながら、

「成長してへんって言いたいの?」

小学生としては長身だった彼女も、高二としてはやや低め。ヒール込みで、百五十センチぐらい。

身長は昔と変わらないものの、バッチリメイク、巻いた茶髪、オフショルダーワンピが

実年齢よりお姉さんらしくて、日焼け止めを塗っただけの自分がやけに子どもっぽく感じてしまう。

「挨拶《あいさつ》はあとで。急ごう」

コジちゃんに急《せ》かされ、河原町《かわらまち》商店街のアーケードを北上。

今日の目的は評判の抹茶《まっちゃ》スイーツ。開店時間前からできている行列の最後尾に並ぶ。人の数を数えて、コジちゃんは楽観的に言った。

「これなら、一時間以内にいけそう」

この猛暑日に一時間か……と私は絶望したけれど、店員さんから整理券をもらえた。指定された時間まで、あと三時間はある。

ということは、今の行列は後発組だったってこと?

繁華街の人気店をなめていた。私はちょっとした敗北感に襲われるが、コジちゃんは慣れっこのようだ。

「先に軽くご飯食べよっか。それとも、スイーツのはしごする? ゆっくり話したいから、カラオケに入るのもええかも」

いくつかの店を提案してもらったけれど、近況を知りたかったこともあって、カラオケにした。運よく待ち時間もなく、個室に入れた。

　コジちゃんは夏休みを利用して、親戚が東山《ひがしやま》で経営するゲストハウスを手伝いつつ、京都暮らしをSNSで発信しているそう。最近はSNS経由でモデルのスカウトをされることもあるらしく、学生デビューを目指している、とか。

「結構グルメ情報に力を入れてるんだよね」

と、ハニートーストを食べながら、コジちゃんは自身のインスタを見せてくれた。

そろばん塾仕込みの暗算力で、カロリー計算も載っている。他の投稿者には見られない情報だから、重宝がられていた。私も興味があったけれど、もっと気になることを聞いた。

「滞在予定はいつまで？」

「来週の日曜日かなあ。その日に地蔵盆《じぞうぼん》があるし、久しぶりに見てから、東京に帰ろうかなって」

　地蔵盆とは、お地蔵さまをお祀《まつ》りする行事のこと。

　八月下旬、地蔵菩薩《ぼさつ》の縁日である二十四日に近い週末に開催される。当日じゃない理由は、各町内会が自主的に主催しているので、規模や日付にズレが生じるからだ。

　うちの町内会はお寺でやるが、個人宅のガレージや、道路を一部通行止めにして路地にテントを張るところもある。

　もちろんメインは、子どもを見守ってくれるお地蔵さまへの感謝だ。でも、お地蔵さまをきれいに飾ったご褒美《ほうび》にお菓子をもらえたり、ゲームができたりするので、子どもにとっては、夏のクリスマスだと思っていただければいい。

「メーちゃんとこの地蔵盆は、いつなん？」

「昨日。けど、妹の看病してたから、参加してない」

「え！」

驚いた顔でコジちゃんが一瞬、固まる。今日来て大丈夫なの？ とでも聞きたいのだろうが、ハニートーストを口に入れたばかりだ。

私は慌てて、

「もう大丈夫。地蔵盆が楽しみで、知恵熱みたいなもんやったから、今朝はもう元気。お兄ちゃんらにわけてもらったお菓子を食べてた。家に両親もおるし、楽しんでおいでって、送り出されたから」

「そっかあ。病状が軽かったんはよかったけど、参加できひんのはちょっと残念やったね。メーちゃんも妹ちゃんも」

「いやもう、私は参加せんでええよ。子ども側やなくて、運営側やもん。去年なんか、私は受験生やったのに、ジュースを買いに行かされたし」

二リットルのペットボトルを四本、両手にぶら下げて歩いたのを思い出し、私がうんざりして言うと、コジちゃんはねぎらうでもなく笑うでもなく、納得したようにうなずいた。

「あったわ、そういうん。うちも小学生までが子ども扱いで、中学生から大人扱いやった」

「弟と妹がおるから、私が地蔵盆を手伝わないなんてありへんって雰囲気なんよ。引っ越さない限り、妹が中学に入るまで手伝いせな」

「末っ子が妹だったよね。いくつやっけ？」

「今年、小学生になったよ」

するど、コジちゃんが「うわあ」と言ってのけぞった。

「よそんちの子の成長、早っ。親戚のおっちゃんによう言われてたけど、それを実感する日が来るとは思ってへんかった。……さっきから、妹ちゃんの名前を思い出そうとしてるんやけど、無理みたい。ヒントちょうだい」

言いながら、コジちゃんがマイクを私に向けた。

ヒントねえ。

私はひとつ咳《せき》払いして、マイクを受け取る。

「間山《まやま》家の兄弟の名前はしりとりです。上から、雛子《ひなこ》・船太《こうた》・琢磨《たくま》・雅紀《まさき》。さて、その次は」

「頭文字は『き』かあ。もしかして、しりとりがループして、最後に『ひ』がつく？」

「つきません。漢字二文字、フリガナ三文字です」

「……んー。頭働かんから、カフェイン欲しい。ドリンクバー行くけど、おかわりいる？」

「私はいい」

「新しいヒントを考えといて」

「わかった」

と答えた私の声が届くか届かないかのうちに、コジちゃんは廊下に出て行った。

ちなみに、妹の名前は、『星海』と書いて『きらら』と読む。初見殺しのフリガナなので難易度は高め。

コジちゃんと会うまでは、話が合うだろうか、気まずくならないだろうか、とずっと不安だったけれど、ふつうに話せている。何も心配することなんてなかった。

でも、頭の片隅《かたすみ》には、新しい悩みが居座っていた。コジちゃんと直接は関係ないが、他の誰に相談していいかわからないこと。

それは今朝、ここに来るまでに起こった。

2

私はそこそこ真面目な性格な上、心配性なので、約束時間よりも四十分早く着く電車に乗る予定で家を出た。

駅に向かう途中、古道具屋石川原《いしかわら》を通りかかるが、もちろん今日は寄らないつもりだった。営業時間前だし、いるとは思わなかったし。

でも実際には郷《ごう》さんがいて、店先をメジャーで測っていた。ただそれが、金属製のメジャーじゃなくて、スリーサイズを測るようなメジャーだったので、正しく測れているか疑問だ。

時間もあったことだし、「手伝いましょうか？」と声をかけた。

「何か設置するんですか？　あ、看板？」

「いや、郵便受け」

たしかに、店には郵便受けがない。回覧板や新聞がガラス戸に立てかけられているのを見たことがある。

でも重要度で言えば、看板が先だろう。何せ、カレンダー裏に水性ペンで走り書きしただけの急場しのぎだ。破れたり、雨に濡《ぬ》れて字が流れたりすることもしばしば。廃墟《はいきょ》っぽい雰囲気を醸《かも》し出すのに、一役買っている。

「看板は置かない予定なんですか？」

「そっちは悩み出すと難しくて。看板って、店の顔になるわけじゃない？」

うん。だから、店の顔を走り書きで済ませたままにするほうが、おかしいと思う。

郷さんのそんな価値観の原因はおそらく、彼のちょっと変わった性質にある。というのも以前、郷さんに「勉強法は？」と聞いたら、まったく参考にならない答えが返ってきた。

「ひたすら時間をかけているだけだよ」

私が弟たちに宿題をさせるとき、彼らの気を散らさないままどうやって机の前に長く座らせるかと悩むけれど、郷さんの場合、集中がまったく途切れないそう。

さあ勉強しよう、と思ってから、一時間でも十時間でも一日でも没頭できる。集中力が高い状態が長く続く。

それを聞いて、私は羨《うらや》ましくなったが、すぐに考えを改めた。

郷さんは休日、お風呂と食事とトイレの時間をスケジュールに組み込んでいるらしい。そうじゃないと、読書や古道具収集に没頭し、忘れてしまう。だから、休みが続くとゲッソリ痩《や》せるんだとか。

郷さんはその現象を「体がえぐれる」「ミイラになる一歩手前」と表現したので、ダイエットになりそうでいいですね、なんて言えなかった。

「覚え方のコツはありますか？」

「好きなことに紐《ひも》づけたらいいんじゃない？　俺は数字が昔から好きで、数学はもちろん、年号を覚える歴史の点数がよかったよ。まあ、大学に行ったら、ただ好きだけじゃあ数学で突出できなかったけれど」

「数字はどうして好きなんですか？」

「普遍的だから」

納得しかけて、私は少し引っかかる。

「古道具はなんで好きなんですか？」

すると郷さんは笑って、

「時代の変化や需要によって、評価や価値が移ろうところ」

と、言った。

矛盾《むじゅん》しているように聞こえるけれど、好きな物って案外そんなものかもしれない。

私だって、実際の殺人事件は嫌いだけれど、小説の殺人事件はワクワクする。本当は密室じゃない密室殺人や、探偵に見抜かれる完全犯罪にトキメイてしまう。

そんなことを思い出しながら、私は店先を測る手伝いをした。

「お礼にお茶でも飲んでってよ」

と誘われ、喉《のど》は渇いていなかったけれど、郷さんに水分補給をしてもらうつもりで店に入ると、まるで侵入を拒むかのように置かれたダンボール箱につまずきかけた。幅が六十センチほどある大きめのサイズ。いろんな小物が雑多に入っている。

「これ、新商品ですか?」

聞くと、郷さんは「あー……」と歯切れが悪い。

「地蔵盆に差し入れを持って行ったら、変な感じで俺の店のことが広まったみたいで、『あんた、ガラクタの店の人やろ?』って言って、町内会の人がいろいろくれたんだよね。でもひどくない? ガラクタの店なんて」

ひどいというか、まあ、妥当な評価のような。

今でこそ、なんでもないような品物にも特別な思い入れや価値があるんだとわかるけれど、私がこの店に初めて訪れたときの第一印象はやっぱり、ガラクタだらけの店だった。

「価値観は人それぞれですものね」

私は言葉を濁《にご》し、ダンボール箱を覗《のぞ》く。

今までの古道具は、見ず知らずの人の物だった。でも今回は同じ町内会に所属する人たちが持ち寄った物だ。どれが誰のか、想像するだけでも、ちょっと楽しい。

しゃがみ込んだ私の隣に郷さんもしゃがむ。

「夏のおわりに縁日みたいなイベントを考えていて、これをメインに据《す》えようと思っているんだけど、雛ちゃんも何か出したい物ない？」

「今はちょっと浮かばないです。見ながら考えてもいいですか？」

「もちろん、いいよ」

お茶淹《い》れてくるね、と言って郷さんが立ち上がった。

ダンボール箱の中身をごそごそと掘り返していると、指先に硬い物が触れた。手探りながら、傷つけないようにそっと取り出す。

長針・短針・秒針、それらすべての針が止まった、腕時計だ。

使い込まれた紺色の革ベルトがまだら模様に色あせている。シンプルな白い文字盤を縁取るのは、革ベルトと同じ色の数字。やや丸みがかったシルバーのケースに竜頭《りゅうず》がついた、アナログウォッチ。ビジネスシーンにも使いやすいデザインだ。

おそるおそる裏蓋《うらぶた》を見ると、ああやっぱり……。想像した通りのサインを見つけ、胃のあたりがズンと重くなった。

これは、世界的に有名なメンズウォッチのデビューモデルを模したバッタモン。そう言い切れるのは、腕時計に特別詳しいからではない。

私が大切な人にプレゼントした腕時計だからだ。

四年前、家族旅行先の東京で、駅前の露天商から買った。

真偽《しんぎ》の疑わしい海外ブランド品を買うなんて、親が気づいたら止めただろうが、家族のトイレ待ちで私ひとりだったから、ちょっとした冒険心が働いた。

初めて来た場所は何を見ても新鮮で、京都市の町並みとは違う高層ビル群や山に囲まれていない景色に浮かれた。

露天商のおじさんいわく、裏蓋に金のペンで書かれたサインは、時計のデザイナー直筆らしい。

「サインがある物は日本に多くないけど、その中でもこの一本だけ、ミスしているんだ。不自然なところに点があるでしょ。ね。ほら、ここ。だから安いんだけど、逆にレアだよ。世界にひとつだよ」

と、言われたが、そもそも何語で書かれているかもわからないようなサインだった。ぐしゃぐしゃとした、ゲジゲジみたいなサインの右上に小さな点があるが、これが書き損じだそう。

高校生になった今ならば、そんな物を買わない（と思う。そう思いたい）のだけれど、小六だった私は、言わなきゃばれないことをわざわざ言うなんて、ちゃんとした店員さんだと思ってしまった。

私は小学校卒業と同時にそろばん塾の卒業が決まっていたので、お世話になった先生にお礼のプレゼントを用意するつもりでいた。『世界にひとつ』というフレーズは魅力的だった。サインの書き損じだって、おもしろがってくれそうな人だ。

からかわれるのを避けるため、塾のみんなから隠れてこっそり腕時計を渡したのは、ちょうど今日のように暑い日だった。

──……あれ。私、今何歳で、どこにいるんだっけ？

こうして腕時計を見ていると、気持ちが小学生当時に引っ張られ、頭がクラクラする。

腕時計の硬い手触り以外、現実感がない。

でも、空気中に漂い始めた緑茶の匂いを嗅《か》いで、ここが郷さんの店で、これから友達と待ち合わせをしているんだと思い出した。

焦って立ち上がると、その拍子に、腕時計が手のひらから滑り落ちた。取り出したときにできた隙間《すきま》の奥に入り込んでしまう。

気にはなったけど、すぐに店を出ないと遅刻してしまう。

「ごめんなさい。時間がなくて、お茶を飲めません」

郷さんに謝ってから、店を出た。

急いで最寄り駅まで向かおうとしたのに、足が重い。

やるせなさが、体中に染み込んでいく。

それはまるで、壁に顔をぶつけた瞬間はただ驚くだけで、しばらくすると痛みがじわじわと込み上げるように、時間差で心が悲鳴を上げる。

なんだか、電車の乗り換えすら面倒になって、乗り換えなしの市バスに乗った。頭の中をからっぽにしようとしても、雑念が入ってくる。

そろばん塾には、小三から通い始めた。

八十を過ぎたおばあちゃん先生が個人宅でやっていた塾で、うちみたいな建売の新興住宅とは違う、昔ながらの日本建築が逆に目新しかった。

元教師だというおばあちゃん先生は口うるさく、しつけ教室としても保護者から信頼を得ていた。

最初は船太と一緒に通った。でも弟は運動神経がよかったから体操クラブに勧誘され、すぐ私ひとりになった。初めは心細かったが、コジちゃんが私に声をかけてくれて、学校や家庭とは違う環境が特別なものになった。

今ではそろばんを使って計算することはほぼないけれど、この時期に培《つちか》った集中力は役立っていると思う。

私が腕時計をプレゼントしたお兄ちゃん先生と出会ったのは、入塾してから初めての夏休み。彼はおばあちゃん先生の孫で、当時高校生だった。身長はぎりぎり百七十センチぐらいでやや細身だったけれど、小学生から見た高校生は大人だ。声も大きくてよく通る。夏休みになると毎年やって来るらしい。他の子が「お兄ちゃん先生」と呼び親しんでいたから、改めて名前を聞くことはできなかった。

お兄ちゃん先生がいるときは、おばあちゃん先生の雰囲気がいつもより柔らかくなる。厳しい先生じゃなく、優しいおばあちゃんの顔が垣間《かいま》見える。

お兄ちゃん先生は授業だけじゃなくて、学校の宿題も見てくれた。

みんなで、裏山で虫採りもした。でも、お兄ちゃん先生はカブトムシが苦手だった。庭の池の鯉《こい》を釣ろうと、拾った枝と糸で釣竿《つりざお》を作ったこともあった。網を構えたお兄ちゃん先生が足を滑らせ、池に落っこちた。

掛け軸《じく》の絵をすり替えて、おばあちゃん先生を驚かせようと、絵の模写コンテストをした。でも、すり替える前にばれてしまった。おばあちゃん先生は回収した絵を夏の絵画展に出展し、お兄ちゃん先生が描いた絵だけが落選した。

一緒に悪さをして、一緒に怒られて、一緒に笑った。

お兄ちゃん先生はまさしく、みんなのお兄ちゃんだった。

私が小四になり、クラス委員長に言葉のアクセントを直されていたつらい時期も、そろばん塾では本当の自分でいられた。

でもそう思っていたのは私だけだったみたい。

夏にやって来たお兄ちゃん先生が、「なんか変わった？　大人になった？」と初めは茶化すように聞いてきた。コジちゃんが、「セクハラやわ！」と言い出したので、塾のみんながどっと笑った。

それで話がおわったと思っていたら、トイレ帰りに廊下でお兄ちゃん先生に呼び止められた。

「ちょっと、ここで待っとき」

そう言って、縁側に連れられた。

おばあちゃん先生の家は、冷房がない。回るたびにカラカラと音を立てる古い扇風機を私のそばに置いて、お兄ちゃん先生はどこかに行ってしまう。

授業がもうすぐ始まることにソワソワしながら待っていると、しそジュースを持って来てくれた。

「顔色が悪いから、飲んでから行きや」

裏庭で育てた赤じそを使った、おばあちゃん先生手作りのしそジュース。澄《す》んだ赤色がきれいだ。

口をつけると、去年飲んだ物より、甘さ控えめ。たぶん、これは大人向けの味付けで、塾の子ども向けには特別甘くしてくれたんだろうと思った。

　お兄ちゃん先生は、自分の分のしそジュースを持ったまま、足を投げ出すようにして私の隣に座り、言った。

「最近、どう？」

「……どうって？」

「元気？」

　うなずこうとした。でも顔色が悪いなら、元気じゃないかもしれない。

　ふいに、おばあちゃん先生が「ねがいましてえは」と読み上げる朗々《ろうろう》とした声が響く。私が慌てて立ち上がろうとすると、「まだ残っているよ」と止められた。でも飲み干す前に、お兄ちゃん先生はまた話しかける。

「塾は楽しい？」

　私はコップに口をつけたまま、コクコクうなずく。

「学校は？」

　同じ調子でうなずこうとしたけど、できなかった。

「そのジュース、おいしないやろ？」

　今度は首を横に振る。

「ごめんやで、雛ちゃん。おいしいはずないねん。砂糖を入れてないし、クエン酸も二倍」

お兄ちゃん先生は持っていたしそジュースに口をつけ、酸っぱそうに顔をしかめた。そして、じっと私を見つめる。いつもの明るい笑顔は消えていた。

「他の食べ物の味はわかる？」

味覚が変わることなんて、歳《とし》を重ねれば、当たり前だと思っていた。カレーやハンバーグを好むことを子ども舌と言う。でも私に起こっているのはそうじゃないらしい。

お兄ちゃん先生は、まるで自分のことのようにつらそうだった。

そんな表情をさせたくなくて、誤解を解こうとした。私がいじめられていると勘違いしているんじゃないかと思ったから。

だから、包み隠さずに話した。

学校で、私の言葉遣いがおかしいと言われたこと。担任やクラスメートも実は変だと思っていたらしいこと。最近では、委員長以外は誰も話しかけてくれなくなったこと。仲間に入るためには、私が言葉を直さなきゃいけないこと。最近は上達してきたこと。

「他の子が当たり前にできることを、ウチは、できてへん」

うまく発音できたと思って、ホッとする。でも、お兄ちゃん先生はボロボロ泣いた。

握り拳《こぶし》で目尻をえぐるように何度も拭いて、

「雛ちゃんは誰よりもがんばりやさんや。弟や妹の世話もして、お母さんやお父さんのお手伝いをしてるんやろ。偉いよ。他の子にできへんことを雛ちゃんはできるんやから、大丈夫。言葉なんて、みんなそれぞれ違ってええんやし、そんなん気にせんでええ！」

今思えば、友達と遊ぶのが楽しいはずの夏休みを毎年祖母の家で過ごす彼には、何か事情があったのかもしれない。

でも当時は何も知らなかった。

お兄ちゃん先生は、おもしろくて優しくてみんなが大好きなお兄ちゃんだったから。だから、私の話で泣いたことにただびっくりした。大人が目の前で泣くなんて、慣れてない。

「僕から、雛ちゃんのお母さんに言おか？」

「やめて。ウチは平気やし」

「ホンマに？」

今度は迷うことなく、うなずいた。

手のかかる幼い妹と弟たちがいる。母に余計な心配をかけたくなかった。

それにお兄ちゃん先生が泣いてくれたことで、やっぱりこれはおかしいのだと気づけた。

本当に怖かったのは、自分の感覚がマヒしていくこと。何が正しいのか、正しくないのか、わからなくなっていた。

「強いなあ、雛ちゃんは」

お兄ちゃん先生はそう言ってくれたけど、ただの意地だ。本当に耐えられなくなったら、絶対大人に言うと約束した。

それから、お兄ちゃん先生は誰にも言わないでいてくれた。私を信じてくれる人がいると思ったから、がんばれた。学校で自分がおかしいと過度に思うこともなくなり、言葉遣いに関しても、語学研修ぐらいの気持ちで聞き流せるようになった。……まあ今も、苦手意識は少しあるけれど。

委員長と少しずつ距離を置けるようになると、今まで遠巻きにしていたクラスメートが声をかけてくれるようになった。そこで初めて、委員長が『小姑《こじゅうと》』というあだ名で煙たがられていると知る。私が孤立した原因は、小姑のターゲットだったからだ。でも、委員長にしてみたらいじめに加担したつもりはまったくなく、むしろ親切心からのアドバイスみたいだった。その証拠に、私を模範生徒認定した途端、彼女は自分から離れていった。

翌年、大学生になったお兄ちゃん先生が夏に来て、私にしそジュースをくれた。酸っぱくて、一口も飲めなかった。私のしかめ面《つら》を見て、お兄ちゃん先生がホッとしたように笑い、「学校は楽しい？」と聞いた。今度こそ、笑顔でうなずけた。

そんなやり取りがおばあちゃん先生に見つかり、食べ物を粗末にしたことを怒られた。廊下で正座させられた私を塾のみんなが同情してくれて、私の隣で正座するお兄ちゃん先生を非難する。

「どうせお兄ちゃん先生が悪いんやろ。これで、ホンマの先生になるんやから困るわ」

教育学部に進学したお兄ちゃん先生が、いつか自分のクラスに教育実習に来たり、担任になったりするんじゃないか、とみんな期待している。でもそれを素直に言う仲じゃない。お兄ちゃん先生が「楽しみにしといて」と言えば、親しみを込めて「絶対せえへん」と言う。

でも私は、教師になってほしくないとは冗談でも言えなかった。お兄ちゃん先生にはいつか、担任になってほしかった。

お兄ちゃん先生には平気だと言ったけれど、本当はぜんぜん、平気じゃなかった。誰かに助けてほしかった。私が孤立した時期、担任は私を構う委員長を優しい生徒だと思ったみたいで、何もしてくれなかった。

もしお兄ちゃん先生が担任になったら、学校が毎日楽しくなる。私の担任にならなくても、私みたいな生徒を絶対助けてくれる。

だから願いを込めて、腕時計を贈った。

小六の夏休み。塾おわりに、一番先に帰ったふりをして、母屋《おもや》の裏に隠れる。塾のみんなの話し声や笑い声が遠のくのを耳を澄ませて聞いた。

そろそろいいかな。みんな帰ったかな。

出て行くタイミングを計り、体を小さくして、息をひそめる。

プレゼントを渡す緊張とみんなをだましているような罪悪感で、お腹《なか》が痛かった。

顔は熱いのに、なぜか手足は冷たい。手提げかばんに入れた腕時計を布の上から何度も触れた。大丈夫、喜んでくれる。だって、世界にひとつの腕時計なんだから。繰り返し、自分を鼓舞《こぶ》した。

そうして待って、どれぐらい経《た》っただろうか。

庭先に人影が通ったと思ったら、お兄ちゃん先生だった。今しかチャンスはないと思い、飛び出そうとしても、長いこと座っていたから、しびれた足がもつれた。

死に瀕《ひん》した人は思い出が走馬灯《そうまとう》のようによみがえるというけれど、私はコケる瞬間、振り返ったお兄ちゃん先生の驚いた顔がスローモーションで見えた。足の踏ん張りがきかず、敷かれた砂利《じゃり》の上にうつ伏せに倒れた。私は起き上がるより先に手提げかばんの中を見る。

腕時計が無事でホッとした。

駆け寄ってきたお兄ちゃん先生は、そんな私を手提げかばんごと抱きかかえ、介抱してくれた。いつも十数人が勉強する和室で、お兄ちゃん先生とふたりきり。私の擦りむけた膝《ひざ》には大きなばんそうこう。

風鈴の涼やかな音がやけに遠くに聞こえ、速い鼓動が駆け巡る。心臓が壊れるかと思ったぐらい、ドキドキした。

私の気持ちなんか知らないお兄ちゃん先生は、いつもみたいに優しく笑う。

「雛ちゃんが慌てるなんて珍しいなあ。どないしたん？　忘れもんでも取りに来た？」

言いたい言葉はいくつも考えていた。

いつもありがとう、とか。

来年も来るの？　とか。

また勉強を教えてほしい、とか。

……恋人がいないってホンマ？　どんな人が好き？　とか。

でも結局、言えたのはたったひとつだ。

「絶対、教師になってね」

お兄ちゃん先生は、渡したその場で腕時計をつけてくれた。出会ったときは細かった腕も、身長も、ふたまわりは大きくなっていた。日焼けした肌に白い文字盤が映える。

私に腕時計を見せるように胸の前で腕をかざし、お兄ちゃん先生が力強くうなずいた。

「絶対なるよ。この腕時計に誓う」

……でもその腕時計は今、郷さんの店のダンボール箱に入っている。

3

そういえば、郷さんが淹れてくれたお茶を飲みそびれたなあ。

カラオケルームで物思いにふけっていると、コジちゃんがコーヒーを持って帰ってきた。ドアを開けて早々、言う。

「妹ちゃんの名前、思い出した。ららちゃん！」

「きららやわ！」

頭文字の『き』はどこにいってん！

思わず私がツッコむと、コジちゃんは「惜しい！」と笑った。

それからは、家族の話↓学校の話↓進路の話など紆余曲折《うよきょくせつ》を経て、おやつ情報に行き着く。

話の流れで、郷さんとの出会いを話した。私としては冒険談のつもりだったが、コジちゃんの受け取り方は違った。

「昔から、そういうところあったよね。あやしい店に入るなんて怖いこと、意外にあっさり決めちゃう」

遠い記憶を思い出したように、彼女の顔が暗くかげる。

たぶん、私が小学校でうまくやれていないことはコジちゃんも知っていた。でも私は、塾ではなんでもないようにふるまっていたから、あえて聞かないでいてくれた。

心配させたくなかったので私は何も言わなかったんだけれど、そのことが彼女にはさみしかったんだろう。

コジちゃんは陰《かげ》を振り払うようにパッと明るい表情に変え、

「生八ツ橋《やつはし》といえばさ、皮とあんを自分でカスタマイズできる店があるよ。つぶあんはもちろん、季節のフルーツのコンフィも選べて、見た目もカラフルでフォトジェニックだよ。その、郷さん？　はフルーツだと何が好き？」

「……まだ、わからなくて。たぶん、和菓子なら外さないと思うんだけど」

私が自信なく言えば、コジちゃんは信じられないとばかりに目を見開く。

「好きな物もよく知らないで、探してるの？　難易度が高すぎへん？」

おっしゃる通りです。

「……でもオススメのおやつを教えますって、私から自信満々で言い出したことだから、今更、やっぱり無理でしたとか言えなくて」

「うーん。相手の好みを探るためにいろいろ買うのも、予算的に厳しいやんな。あ、そうや。手作りは？　メーちゃん、おばあちゃん先生のおやつ作りをよく手伝ってたやろ？」

おばあちゃん先生の方針が「子どもにはちゃんと腐る物（防腐剤を使っていない）を食べさせる」だったので、たまに手作りおやつが出てきた。しそジュースもそのひとつだ。いくつかレシピを今でも覚えているけど、……でも。

「手作りをあげるって、ハードルが高くない？　他人が握ったおにぎりを食べられない人もいるらしいし」

「私は会ったことないから知らんけど、その郷さんは、嫌がりそうな人？」

うーん。どうなんだろう。

平気で食べそうなイメージがあるから、断られたときの精神的ダメージが大きい。

郷さんぐらいの年代の男性が、一番交流がない。私の周りにいる大人は基本、家族か教師か、町内会のご老人だ。

「コジちゃんって……さ」

ごく自然な会話を装って、新たな話題を切り出そうとしたが無理だった。喉の奥で声が引きつれる。

気持ちが落ちつかなくて、私はストローが入っていた白い袋をいじる。視線を下げたま
ま、袋に結び目を作った。ひとつ、ふたつ。

「私が何？」

そう聞くコジちゃんの声のトーンが落ちた。少し不安そう。

不穏な空気を感じ取って、私が相談話を打ち明けるのを待っている。

それでも勇気が出なくて、私はストローの袋でみっつめの結び目を作ろうとして破いて
しまう。ビリッと手の中で嫌な音がし、指先が滑った。

神さまに臆病者《おくびょう》と怒られた気分。

目を閉じて、私は思い切って言った。

「そろばん塾のお兄ちゃん先生を覚えてる？」

「覚えてるよ。メーちゃんの初恋の人」

それもばれてたの？　びっくりして顔を上げると、コジちゃんが笑った。

「大丈夫、私も好きやったから。メーちゃんや私だけやなくて、みんな好きやったよね。

先生のこと」

「うん。けど、……ちょっとずつ、縁遠くなっちゃって」

卒業後もたまに挨拶に行っていたが、おばあちゃん先生が病気したことをきっかけにそ

ろばん塾は閉鎖《へいさ》した。もう二年前の話だ。身の回りの世話をしてもらうため、長男夫婦の家に引っ越したと聞いた。お兄ちゃん先生は次男夫婦の息子。

塾がなくなったから、お兄ちゃん先生と会う機会もなくなった。でも、塾が今も残っていても、来てくれなかったかもしれない。

お兄ちゃん先生が去年も教員採用試験に不合格だったと、噂《うわさ》で聞いた。悪い結果をわざわざ報告したくないだろう。

塾にいたときより、離れてからのほうが評判は耳に入ってくる。世間の狭さと怖さを知るのはこういうときだ。

コジちゃんにどこまで話そうかと悩んでいたら、彼女は軽い調子で、

「お兄ちゃん先生、今年も採用試験ダメだったらしいね」

「そうなの?」

それは私も知らなかった。

「みたいやで。でも元気そう」

「どうして知ってるの?　最近、会った?」

「SNSでつながってるから。アカウントを教えようか?」

コジちゃんはきさくにスマホを手に持つ。とっさに私は声を荒らげた。

「いらない！」

その剣幕にコジちゃんは驚いていた。正直、私自身も驚いた。

私から話題を振ったのに、すごく感じが悪い言い方だ。焦って言い直す。

「昔憧れた人と、今のギャップを知るのが怖いっていうか」

「……それはちょっとわかるかも。いつまでもカッコよくいてほしいよね」

妙なテンションの私をフォローするように、コジちゃんがうなずいた。

なんだかそのときから、会話の調子がくるってしまった。それはカラオケを出たあとも続いた。行列店の抹茶パフェの味も覚えていない。

地下鉄で帰るというコジちゃんを駅まで見送る際、

「楽しかった。またね」

と、私は言った。でも、うまく笑えていただろうか。

階段を下りていくコジちゃんは何度も振り返って、私に手を振った。私も振り返した。

コジちゃんは優しくて、一緒にいたら楽しい。また会いたい。

それなのに、嘘《うそ》をついたような罪悪感が舌の上に残った。

4

日をまたげば、気分も落ちつくかと思ったけれど、ぜんぜんそんなことはなかった。

一晩経っても忘れられないし、寝起きは頭も体も重くて、だるい。

考えてみれば、壊れたバッタモンの腕時計なんて、捨てられて当然だ。

むしろ、郷さんの店に出したならば、誰かに使ってもらいたいという、リサイクル精神すら感じられる。

プレゼントしたことさえ、腕時計を見るまで忘れていたくせに、相手には大切に取って置いてほしいなんて願うのは傲慢《ごうまん》だ。

……わかってる。

頭では、わかっているんだけれど、ダンボール箱の中に埋もれた腕時計を見たときのショックが、忘れられない。

せめて、私の目に触れない場所に捨ててほしかった。

そもそも、お兄ちゃん先生の住まいはこの辺りじゃないし、おばあちゃん先生の家は売り物件になっているし、町内会の区分けも違う。

元塾生に会いに来たついでに、うちの地蔵盆にも顔を出した？　それならどうして、私に連絡が来なかったんだろう。

……私には会いたくなかったのかな。

それだけの理由なら、まだマシだ。よくはないが、マシだった。

教師になると約束してくれた腕時計を手放したのは、夢を諦めたからなんだろうか？

極端な話、私とお兄ちゃん先生は他人だ。

生活もあるんだし、受かるまで採用試験をがんばってなんて、無責任なことを言えない。言っちゃいけない。でも、……言いたい。

そう思っているのに、私は自分から、そのチャンスを手放した。

――なんで、コジちゃんにアカウントを教えてもらわなかったんだろう？

聞こうと思えば、今からでも聞けばいい。けど、そんな簡単なことが難しい。

今朝は七時に起きたのに、コジちゃんに送る文面を迷う間に十時を過ぎている。

一回、気持ちをリセットしようと、スマホを置いた。

今週は水曜日から夏期講習が始まるし、来週には短縮授業と文化祭準備。

私が通う高校は宿題が多いことで有名な進学校で、しかも夏休み明けに文化祭があるから、これからが忙しい。

自室から出て階段を下りて、リビングへ。

両親はすでに出勤し、弟と妹は遊びに出たかと思いきや、妹がひとり残っていた。それだけなら不思議ではないが、テレビもつけずにぼうっと座っている。

うちの末っ子は自分の世界を持っているタイプで、ひとり遊びも好きだけれど、さすがに様子がちょっとおかしい。

熱がぶり返したのかな？

「きーちゃん？　星海《きらら》？」

呼びかけても返事はない。

くせっ毛の前髪で隠れた星海の額を私は手でそっと触れる。うん、熱はなさそう。

触れられて初めて私の存在に気づいたように、星海がこっちを見た。

寝起きの子犬みたいなキョトン顔がかわいくて、つい、妹の頭をくしゃりと撫《な》でた。細くて柔らかな髪と、まあるい形の頭蓋骨《ずがいこつ》。撫でるこっちが癒《い》やされる、魅惑の後頭部だ。

「もう、しんどくない？　お姉ちゃんと遊ぶ？」

すると脈絡なく、星海の瞳から大きな涙がこぼれた。ひとつ落ちると、次から次にあふれてくる。

私はギョッとし、慌てて箱ティッシュを引き寄せるが、からっぽだった。使いおわった人が補充するルールでしょ！　イライラしながら、替えを取りに行くため、廊下に出る。

でも、泣きじゃくる星海の次の言葉を聞いて、一瞬でも離れたことを後悔した。

「どろぼうって、言われた」

耳を疑った。

うちの妹が泥棒なんてありえない。

誰に言われたの？　いつ言われたの？　何を盗んだって？

でも感情的になって問い詰めたら、逆効果だろう。なるべく、冷静になるようにつとめ、なんとか全容を聞きだした。

私のかわいい妹を泥棒呼ばわりしたのは、星海の親友である沙弥《さや》ちゃん。

同じ町内に住む沙弥ちゃんと星海は同級生で、幼なじみ。おっとりタイプの妹と仕切り屋タイプの沙弥ちゃんの相性はいい。

今年の地蔵盆でも遊ぶ約束をしていたのに、星海は病気で欠席。地蔵盆の手伝いに行ったうちの両親が「熱が出ちゃって」と話したが、うちの双子のどちらか（沙弥ちゃんは見分けがつかないらしい）が「げんき」なんて言ったらしい。

どちらが正しいのか迷い、お見舞いも兼ねて翌日（日付的には昨日）、沙弥ちゃんが我が家に来たそうだ。元気に出迎えた星海を見て、仮病だったと思ったらしい。

病気だと嘘をついた↓嘘つきは泥棒の始まり↓嘘をついた星海は泥棒という思考ルートをたどっての発言だ。

話の流れは把握できたけれど、でも姉としては到底納得できない。

「……それを言われたとき、周りに誰かいた？」

優しい声色《こわいろ》で聞くと、星海は首を小さく横に振った。子どもが大人に隠れて攻撃する巧妙さは、いつの時代も変わらないようだ。

「お母さんに相談した？」

また首を横に振った。

どうして一晩黙っていたの？　そう聞きたかったけれど、その理由はわかる気がした。言いたくないよね、そんなこと。悲しすぎて、言えないよ。

幼い妹が心の声を言葉にするまで、どれぐらい悩んだのか考えると、自分のこと以上にしんどい。

「沙弥ちゃんに謝ってほしい？」

そう聞くと少し間があったが、星海は首を横に振った。

ん？　いらないの？　質問を変えてみよう。

「もう、口をききたくない？」

すると、星海は怒ったように唇を真一文字にして、ブンブンと頭を大きく横に振る。

……そっかあ。お姉ちゃんは、謝ってほしいけどなあ。うちの妹は、私以上に器が大きい。

一番大事なことを確認する。

「仲直りしたい？」

今度は一回だけ、大きくうなずいた。

止まったはずの涙が、またボロボロこぼれ出す。

私は思わず、星海をぎゅうっと抱きしめた。こんなふうに抱くのは、いつぶりだろうか。

成長したはずの妹だが、まだまだ小さくて頼りない。

「星海は泥棒じゃない。勘違いした沙弥ちゃんが言い間違えただけ」

仲直りできるよ、とささやくと、私の肩に顔を埋めたまま、星海がコクコクうなずいた。


夜になって、母を散歩に誘った。そんなことを私が言い出すのは初めてなので驚いていたが、「真面目な話があるんやけど」と言ったら、ついて来てくれた。

散歩と言っても、遠くに行きたいわけじゃない。相談中に、眠っている弟や妹が起きたら困るというだけ。星海はもちろん、双子たちにも聞かせたくなかったが、内緒話をする場所が家にはない。

雲に覆われた暗い空。

歩きながら話すことで、星海の泥棒発言を聞いてショックを受けただろう顔を見なくて済んだ。

「星海は謝罪してほしいわけでもなくて、自然な形で仲直りしたいみたいだから、沙弥ちゃんのお母さんと話してほしいねん。もちろん、喧嘩《けんか》内容は伏せて、ちょっとした行き違いがあったことにして。沙弥ちゃんの機嫌が直ったら、また一緒に遊べるように。……もうすぐ小学校も始まってしまうし、それまでになんとかしたいよね」

隣を歩く母が硬い表情で私を見つめる。その目の奥には、強い怒りがちらついていた。

「あんたは、その解決法でええと思うん？　あの子が……泥棒なんて言われたのに」

口に出すのも汚らわしいとばかりに、眉をひそめる。

「言われた星海がそうしたいんなら、仕方ないと思う」

私が言うと、母がぶっきらぼうに言い返した。

「お姉ちゃんは、悔しないの？」

「星海がうれしいほうがいい」

質問の答えにはなっていないとはわかっていた。でも母は口をつぐむ。

もちろん、泥棒と言われたことは悔しい。子ども同士の喧嘩の軽口とはいえ、それがどれほど星海を傷つけたかと思うと、大人げないけれど私は沙弥ちゃんを許したくない。

でも一番大切なのは、星海の気持ちだ。

「……お姉ちゃんは、お母さんよりよっぽど大人やなあ。頼りになる」

ため息まじりに母は続ける。

「こういうこと、ホンマはお母さんが気づいたらなあかんのに。なんで、星海は言ってくれんのやろ」

「タイミングじゃないかな？　たまたま私がいたから、話しただけ」

慰めるつもりで言うと、母は「ご謙遜《けんそん》を」と茶化すように言って歩き出した。

それからは、あえて明るい話題を口にしながら家に帰る。でも、我が家の玄関灯が見えたとき、母が急にポツリと言った。

「……やっぱり、働きに出るん、早かったんかな？」

脈絡がないように聞こえ、面食らった私に、母が微笑《ほほえ》みかける。

「いつも下の子の面倒を見てくれてありがとうね、お姉ちゃん。優しい子に育ってくれて、自慢やわ」

「そんなことないよ」

「あるって」

ありがとう、と母はもう一度言って、上着のポケットから家の鍵を取り出す。

それを見ながら、さっきのつぶやきの真意に気づいた。

星海が相談したいときにそばにいなかったことで、母は胸を痛めたのだろう。

「関係ないと思うよ」

私が言うと、その声につられたように母が顔を上げた。

「お母さんが働いていても、私はこうして相談しているし、船太は反抗期だから話さないし、琢磨と雅紀は話さなくていいことまでしゃべるし、星海は自分の中で答えを出さないと誰にも言わない。お母さんが何をしているかよりも、それぞれの性格の違いが一番大きいと思うよ」

母のキョトンとした顔は、星海と少し似ていた。

私が言わなくても本当は母だってわかっているだろうから、余計なお世話だったかも。

手が止まった母の代わりに、私が鍵を回す。ドアを開けようとすると、背後から抱きつかれた。

「お母さん、あんたみたいなお姉ちゃんが欲しかったわあ」

「いや、娘だから」

五人兄弟の母親だし、基本は頼りになって気が強いのに、たまにこんなふうになる。甘えるというか、スキンシップ過剰というか。父いわく、そんなギャップがかわいいらしいのだが、私は照れくさい。

母に星海のことを重々お願いしてから、二階の自室に上がる。といっても、カーテンで仕切っただけで、船太と共用の部屋だ。まだ起きていたらしく、ゲームの音が聞こえる。私がふとんを出すためにふすまを開けると、舌打ちが聞こえた。いつもはそれにイライラするのに、今日は違った。

――あんたみたいなお姉ちゃんが欲しかった、か。

母には私がいいお姉ちゃんに見えるらしいが、自分ではそう思えない。

今日だって、泣いた星海をなだめながら、私はどこかでホッとしなかったか。妹のことにかかりきりになる間は、腕時計の件を後回しにする口実になるから。

……サイテーなお姉ちゃんだ。

今までは、謎に出会うと自《みず》ら《か》飛び込んできた。でも今回初めて躊躇《ちゅうちょ》している。

作者不明の女学生日記のときとは違い、お兄ちゃん先生のフルネームを今は知っている。連絡先だって、コジちゃんに聞けば、すぐわかる。

あとは解答編だけなのに、それがどうしてもできない。

だって、知るのが怖いんだ。これ以上、傷つきたくない。

ミステリを愛したときから、私は謎を解き明かす探偵を正義のヒーローみたいに憧れた。

でも、私のヒーローたちは、被害者遺族の心のアフターケア方法を教えてくれなかった。

謎を解いたら、物語はそれでおわり。

だが現実は、謎が解き明かされたあとも続いていく。

私は物語の探偵にならい、出会った謎に取り組んできたけれど、他人の裏の顔をわざわざ暴くような行為をしてきたのかと思うと、今更ながら、六月以降に出会った人々に謝りたくなる。

ずっと妹にかかりきりで、一日中放置していたスマホを手に取る。溜まった通知をチェックすると、コジちゃんからのＬＩＮＥ《ライン》があった。食べ歩きの写真と、『今度はここに行こ』の一文。

もしかしたら、昨日の私の上の空な態度を責める内容かもしれないと思った分、ホッとしたのと同時に、少しがっかりしている自分にも気づく。

私が聞かないうちから、コジちゃんがお兄ちゃん先生のアカウントを送ってくれることを実は期待していた。カラオケルームで、「教えようか?」とコジちゃんに聞かれたときには断ったくせに、なんて自分勝手なんだろう。

今日は自分の嫌な部分ばかりが目につく。

本当は、私だって自分の謎に向き合いたい。そうじゃないと、今まで私が出会ってきた人々に顔向けができない。

けど、初恋の思い出を壊すかもしれない結果を受け入れるだけの勇気がなかった。

5

水曜日の夏期講習のあと、古道具屋石川原に寄った。

結局、私はまだコジちゃんに連絡を取れていない。はい、臆病風にビュービュー吹かれたからです。

でも、郷さんと話したら、気持ちに変化が生まれる気がする。

新しい郵便受けが設置されているかも、と思いながら店に行くと、看板代わりの貼り紙とは別に、新しくA４サイズの貼り紙があった。浴衣姿で打ち上げ花火を見上げるポップなイラストつきのチラシだ。

『闇《やみ》市のお知らせ』

……夏のおわりに縁日っぽいイベントを考えているとは言っていたけれど、郷さんの頭の中では縁日と闇市がイコールでつながっているんだろうか。

ガラス戸を開けると、郷さんの声が聞こえた。

「え、ダメですか？　……あー、そっか。いえ、こっちの話です」

通話中らしい。郷さんが私に気づいて、手で『ちょっと待って』というジェスチャーを送った。私はうなずいてから、店内を見回す。

日曜日には入口付近にあったダンボール箱がなくなっていた。陳列された商品にも、腕時計は見つけられない。

やがて通話をおえた郷さんが「ごめん、待たせて」と言った。

「今日は制服だね。学校はもう始まってるの？」

「授業はまだです。夏期講習帰りで。……それより、闇市ってなんですか？」

「非正規ルート品が出回るブラックマーケット」

「……言葉の意味じゃなくて。表の貼り紙にあったイベントのことです」

「あー、それね。闇鍋みたいになんでもありの雑多な品ぞろえを表現したかったんだけど、闇鍋市と告知したら、違うイベントみたいだし」

まあ、闇鍋市だと、闇鍋パーティっぽいイメージかも。

「今のところ、決まっているのは物々交換コーナーかな。地蔵盆でもらった品物を棚陳列せずに、ダンボール箱のまま出そうかと思っている」

脳裏に腕時計がよぎった。壊れたバッタモンとはいえ、欲しがる人がいないとは限らない。だって、郷さんの店のお客さんなんて、変人ぞろいに決まっている。

見知らぬ誰かに持って行かれるぐらいなら、腕時計は私が欲しい。

「交換する品は全部、郷さんがチェックするんですか？」

「しないよ」

「え？　価値がつり合わない可能性だってありますよね」

「そのへんはお客さんの善意を信頼したいよね。そもそも仕入れ値はゼロ円だから、損失はないし」

郷さんのお眼鏡にかなう物を考えるのも難しいが、善意と言われてしまうと、それはそれで難しい。

私にとって腕時計は、思い出そのもの。

たとえるならば、アルバムに値段をつけられないのに似ている。

品物の価値ではなく、感傷の値段だ。

「でもどうして物々交換に？　闇市だからですか？」

「まあそれもあるけど。ご近所さんの古道具に値段をつけたら、『あいつには高値をつけたのに、こっちはどうして安いんだ』とか、角が立ちそうじゃない？」

たしかに、言いそうな人の顔が二・三人、すぐ浮かぶ。

「よかったら、雛ちゃんも来てね。……ただ修正点があって」

そう言いながら郷さんが、配布用のチラシの『わたあめ・かき氷サービス』に黒ペンでバッテンをつける。

「やめちゃうんですか？」

「さっきの電話相手に頼んでいたんだけど、都合が悪くなったらしい。俺も食べたかったのに」

残念そうに郷さんが言う。

わたあめとかき氷を笑顔で食べる姿を想像しようとしたが、無理だった。

「闇市にしては、かわいいラインナップを考えていたんですね」

「闇市っぽいものを用意してもよかったけど、お客さんを呼び込むためには、ハードルを下げたほうがいいかと思って。ふだん俺の店には来ないような人、特に地蔵盆で古道具をくれた人も招きたかったし」

「え！　古道具をくれた人を招くんですか？」

驚きのあまりおうむ返しした私に、郷さんは戸惑いつつもうなずいた。

じゃあ、お兄ちゃん先生が来るかもしれないのか……。

私はチラシをすみずみまで見る。

次の日曜日、つまり八月最後の日曜日の夕方から開催するらしい。

「開始が『夕方ごろ』と書いてありますけど、何時です？」

「準備ができ次第、かな？　その日は二階も開放して、知り合いの古道具屋の委託商品も並べる予定だから、時間が読めなくて」

私が一番ノリしないと、誰かに腕時計を持って行かれるかもしれない。郷さんの準備を急かすわけにいかないし。

……あ、そうだ。

ひとつで、みっつ解決しそうなプランを思いついた。

私はチラシ越しに郷さんを見る。

「あの、提案したいことがあるんですが」

八月二十七日。

八月最後の日曜日は、快晴の一日だった。

浴衣を引っ張り出し、星海に着せた。去年、母方の祖父母に姉妹おそろいで買ってもらった金魚柄。母と試行錯誤《しこうさくご》しながら、私も着付けてもらう。

郷さんが主催する闇市で、私は自家製のひやしあめを配る予定。朝から仕込みのために一キロのショウガを擦り下ろしたので、手首が痛い。

ひやしあめは関西で定番の飲みもので、お湯で溶いた水あめにショウガ汁を加えた物を冷やして飲む。トロリとした甘さの中に、ぴりりとしたショウガの後味が涼しげで、夏バテしやすい今の時期にぴったり。サツマイモ由来の麦芽《ばくが》水あめを使うレシピは、そろばん塾のおばあちゃん先生仕込みだ。

私がひやしあめ配布を郷さんに提案した理由のひとつめは、わたあめとかき氷が提供できなくなった郷さんを助けるため。

ふたつめは、お店の手伝いをすれば、ごく自然に来客者チェックができる。ふつうのお客さんとして他のお客さんをじろじろ見ていると、悪印象を与えかねない。

そしてみっつめは、星海と沙弥ちゃんの仲直りイベント。こちらはできれば、もっと早く解決したかった。彼女たちが通う小学校の始業式は金曜日にあったけれど、星海はうまく話せなかったらしい。うちの母親経由で沙弥ちゃんのお母さんには根回し済みで、闇市に来るようにお願いしている。

ふだんとは違う場所、しかもお祭りムードならば、沙弥ちゃんも気持ちが変わるだろう。星海が差し出したひやしあめを沙弥ちゃんが受け取ったら、仲直りのきっかけになる。

着付けをおえたころには、郷さんと約束した十八時になっている。自分から言い出したことなのに、今になって緊張してきた。

私はひやしあめの原液を入れたピッチャーと紙コップを持って、星海と一緒に家を出る。見送ってくれた母が「あとから行くねえ」ときさくに言った。弟たちは今日、父と映画を見に行っていて、まだ帰っていない。

すっかり涼しくなり、日中の暑さが嘘みたい。きつく巻かれた帯のせいか、猫背がちの背中がピンと伸びる。

古道具屋石川原の店先には、すでに人が集まっていた。

あやしい雰囲気の店が謎のイベントをやるので噂になっているとは知っていたが、そこにいたのは、私の知らない顔ぶればかり。郷さんの知り合いだろうか。それにしては年齢層がずいぶん上に見えるけれど。

私が作った物をこういう人たちが飲むかもしれない。

そうなると不思議なことに、星海を連れているのが心強かった。守っているつもりで、守られているような。今だって、私の両手がふさがっているから、星海がガラス戸を開け、前を歩く。でも店に入ってすぐ、立ち止まってしまう。私は、星海の上からひょいと店内を覗き込んだ。

「……あ」

がらりと様変わりした店内に驚き、思わず感嘆の吐息が漏れる。

間取りを改めて説明すると、狭い間口で奥に向かって細長い、いわゆるうなぎの寝床のワンフロア。

古道具特有の染み込んだ生活の匂いと気配が、今日は一段と濃かった。

入ってすぐ左手はおもちゃコーナー。ボードゲームが棚に並んでいるが、パッケージは日本語表記じゃない。デザインセンスも海外の物。木の風合いをそのまま活《い》かした積み木はドイツ製。

その隣は、額縁に入れて標本展示されたアンティークボタン。年月をかけて表面が磨かれ、エメラルドやサファイアやガーネットなどの鉱物に似た趣《おもむき》を見せる。

さらにその奥、縁側に面した場所に陶器が並ぶ。とっくりに似た形の一輪挿《ざ》しは朴訥《ぼくとつ》とした佇《たたず》まい。華やかな絵皿は古伊万里《こいまり》だろうか。渋い藍《あい》色の大鉢に夏野菜を並べると相乗効果で色が引き立ちそう。

おそらくこれらが、委託商品なんだろう。

それぞれが独立した世界観なのに、古い店が持つ独特のおおらかさのせいか、まるで昔からこういう店だったような錯覚を覚える。

ぼうっと見回す私に、郷さんは「どう？」と問いかけてきた。

「見違えました！　ちゃんとしたお店っぽいです！」

興奮して本音を言うと、郷さんが苦笑する。

「いつもは、ちゃんとしてないみたいじゃないか」

「あ、そういうわけでは……」

私の慌てたフォローは意に介さず、郷さんは星海に視線を合わせるようにしゃがんだ。

「初めまして。今日はよろしくね」

そういえば、ふたりは初めてなのか。郷さんが引っ越しの挨拶で一度めに我が家に来たとき、星海は居留守を使った（知らない人が来たら出なくていいと教えている）し、郷さんが二度めに来たときに対応したのは両親と私で、妹たちは別の部屋で遊んでいた。

郷さんには、ひやしあめ配布の手伝いに妹を連れて行くことを事前に話していた。いつもの無精《ぶしょう》ひげを剃《そ》った彼のさっぱりした顔立ちに、柔和な笑顔がよく似合う。

星海はそれに答えず、何か言いたげに私を見上げる。人見知りしない子なので、珍しい。耳を寄せると、内緒話にしては大きな声で妹が言った。

「こないだの、へんなおっちゃん？」

一瞬、空気が凍ったように感じられた。

変じゃないよ、と言いたかったけれど、郷さんは変な人なので言えなかった。

「……今日、お世話になるお店の人だよ。自己紹介して」

私が焦って言うと、星海はおずおずと頭を下げた。

「まやまきららです。ろくさいです」

すると、郷さんはぎりぎり笑顔を保って答える。

「石川原郷です。二十四歳です」

「二十四？」

驚いて私が聞き返すと、郷さんは呆然《ぼうぜん》と私を見上げた。

どうやら姉妹ふたりがかりで、彼の心を傷つけてしまったようだ。今日は失言が多い。言われてみると見た目通りの年齢なのだが、どこか浮世離れした雰囲気が実年齢よりも上に見える。

「星海ちゃん、お手伝いのお礼に何か欲しい物があったらあげるよ。もちろん、雛ちゃんにも」

　気を取り直したように郷さんが言うと、星海は店内をキョロキョロ見回す。おもちゃの前に行くかと思ったら、階段下にダンボール箱を見つけた。まるで隠すような配置だったので、私は見逃していた。側面に『物々交換可』と走り書きされている。妹にはまだ読めない字を私が説明した。

「お金で買うんじゃなくて、欲しい物と自分の持ち物を取りかえっこするんだよ」

　沙弥ちゃんとシール交換するやん、あんな感じ、というたとえ話が喉まで出かかったけど、仲直りするまで、沙弥ちゃんの名前は禁句。

　星海は貝殻《かいがら》を模したビーズの髪ゴムを選んだ。

「それで結ぼうか？」

　と、私が聞いたけど、妹は首を横に振り、浴衣のたもとに入れた。小さな声だけれど、郷さんに「ありがとうございます」とちゃんと言えていた。

　私は腕時計を見つけたものの、それを私がもらっていいのか、迷う。

　もし、お兄ちゃん先生が店に来たとき、私が腕時計をしていたら、すごくいたたまれないと思う。だから一度は手に取ったものの、中に返してしまった。せめて、他のお客さんに見つからないよう、奥のほうに隠す。

開店してすぐ、狭い店内は人でいっぱいになった。

ひやしあめは好評で、「懐かしい」「うまい」と言ってもらえた。しかも私と妹が姉妹だと言えば、

「お姉ちゃんのお手伝いしとるんか。偉いなあ」

と、星海に対して好々爺《こうこうや》の顔になる人もいて、お駄賃を断るのに苦労した。

話を聞いていると、郷さんの神戸《こうべ》店時代のお客さんも来ているようだ。陣中見舞いとして、手土産を持って来る人も多い。

下は赤ちゃんから上は米寿《べいじゅ》まで。家族連れ、旅行者、仕事帰り、ご近所さんはもちろん、このためにわざわざ京都に来た人など、客層はバラバラ。

お客さんと楽しそうに会話する郷さんは、私の知らない一面だ。

私が大人になって、もし自分の店を持てたとしても、こんな多種多様な人に会いに来てもらえるとは思えない。

今日のイベントは、郷さんの人間的魅力を象徴したような盛況っぷりだ。

はじめは忙しさと物珍しさに気を取られていたが、沙弥ちゃんのお母さんと約束した十

九時を過ぎても来ないので、内心ソワソワし始めた。

沙弥ちゃんが行きたくないと駄々をこねているんだろうか。私にさえ敬語を使うようなお嬢さま育ちの沙弥ちゃんのお母さんは、娘のワガママに振り回されている印象が少しある。

親同士が結託しているとは知らない星海は疲れたらしく、まぶたが落ち始めている。沙弥ちゃんのお母さんを信じて、もうちょっと待ってみよう。

約束から十五分過ぎて、沙弥ちゃんたちは顔を出した。

「こんばんは。にぎわってますね」

沙弥ちゃんのお母さんが私たちに声をかける。沙弥ちゃんは星海がいることを知らなかったようで、逃げ出そうとしたのを後ろから捕まえられていた。

「こんばんは。よかったら、ひやしあめをいかがですか?」

私が笑顔で応じると、沙弥ちゃんのお母さんは「じゃあ、ひとつ」と言う。

私は紙コップにひやしあめの原液と郷さんに用意してもらったペットボトルの水を注ぎ、マドラーで混ぜる。星海がそれを受け取って、氷をひとつ入れる。

今日は何十回と繰り返した手順だったが、星海の顔は不安げにこわばっている。

星海が差し出した紙コップを沙弥ちゃんは受け取らない。意地を張って、両手を背中に隠した。

沙弥ちゃんのお母さんが「ありがとうって、ほら」とうながすが、沙弥ちゃんはぐっと奥歯を噛《か》みしめたままだ。

すると、星海が浴衣のたもとからさっきの髪ゴムを取り出し、沙弥ちゃんに差し出した。

「あげる。きっと、にあうよ」

星海が言うと、沙弥ちゃんのお母さんが取りなすように続ける。

「こう言うてくれてるんやから、沙弥も意地を張らんと、仲直りしなさい」

うちの母がどんなふうに沙弥ちゃんのお母さんに喧嘩の原因を話したかは知らないが、なぜ、星海がここまでしなきゃいけないんだ。

みなの視線を一身に受けた沙弥ちゃんは、すねたように唇を尖《とが》らせた。

「……どろぼうしたもんなら、いらへん」

一瞬で、頭にカッと血がのぼる。

「何言うてんの！　星海ちゃんに失礼でしょ」

沙弥ちゃんのお母さんがそう言ってくれなかったら、私が怒っていただろう。

こんなことになるなら、仲直りさせようと思わなきゃよかった。心配になって星海を見ると、ケロリとしている。それどころか、「ごめんね」とさえ、言った。

そしたらその途端、沙弥ちゃんの顔がくしゃっとゆがみ、声を上げて泣き出してしまった。

えー……？　何、この展開。

今どきの子どもの気持ちが、わからない。

沙弥ちゃんのお母さんを見ると、もらい泣きしたみたいに目頭を押さえている。

………えー??

大人の気持ちも、わからへんわあ……。

これはあとになってわかったことだけれど、星海が私の前で泣いたのは、親友に泥棒と言われたからではなかった。

そんなことを言わせてしまったことに傷ついたらしい。

遊ぶ約束を仮病で破られたと思い込んだ沙弥ちゃんは、悪口という手段を選んだ。本当に星海を泥棒だと思ったからではなく、ただ自分が受けたショックを星海にぶつけたのだ。そのことは付き合いの長さから、星海もわかっていた。

自分に悪口を言うぐらい、親友を傷つけてしまったことが、悲しかった。だから、泥棒発言を許すも何も、悪口を言って後悔しているだろう親友の心をどうやって軽くしようかばかり考えていたらしい。

……なんだその、フェミニストなプレイボーイみたいな理論は。

でも、闇市の夜はそんな事情がまったく何もわからないまま、泣きじゃくる沙弥ちゃんとそのお母さん、髪ゴムと紙コップを受け取ってもらえない星海と、それらを呆然と見ている私という構図ができあがってしまう。

いち早く、私が立ち直って、

「沙弥ちゃん、うちに寄らへん？　星海と遊んでいきなよ。ここにたくさんゲームがあるから、ふたりで遊ぶもんを選んで。ね！」

見慣れないボードゲームが並ぶ棚の前にふたりを連れて行くと、沙弥ちゃんが言葉少なに「あれ」と花と蝶《ちょう》が舞うパッケージを指さした。値札がついていないので郷さんを呼び止めたら、沙弥ちゃんのお母さんが財布を取り出す。

「ここは、払わせてください」

と、値段がわからないうちに言うので、私は戸惑う。

ボードゲームが安かったら、今日のお手伝い賃として郷さんにねだるつもりでいたし、高くても私が言い出したことだから、自分で払うつもりだった。

「え、でも……」

「ええんです。沙弥が選んだ物ですから、払わせてください。今日は誘ってくれてありがとうございます。あの子、ワガママなところがありますから、気の長い星海ちゃんが一番の友達なんです」

大人に涙目でそんなことを言われてしまうと、断るほうが逆に悪い気がした。ボードゲームを買ってもらったあと、星海と沙弥ちゃんとそのお母さんを家まで送り、再び店に向かう。

星海と沙弥ちゃんが手をつないでいたのを思い出して、ホッとした。

結局、周りが気に病む必要はなかったかもしれない。幼なじみのふたりは、当事者同士にしかわからない世界を共有している。

歩きスマホはいけないが、スマホの灯《あか》りを頼りに夜道を歩く。

着信があったのでスマホを見ると、コジちゃんからＬＩＮＥだ。コジちゃんを闇市に誘っていたけど、夜行バスで帰るらしく、昨日のうちに断られた。

お別れの挨拶かな？　何気なく見た内容に驚き、思わず立ち止まる。ＵＲＬつきのメッセージ。

『お兄ちゃん先生のアカウントを教えるね』

リアルタイムで送られているらしく、新規メッセージがどんどん届く。

『言うのをやめたほうがええかと、何度も思ったんよ。余計なことをして、嫌われるのが怖かったから。小学生のときもそう』

『学校でひとりのメーちゃん見つけて、おかしいなと思ったけど、学年が違うから、私が余計なことはせんほうがええって思ってた』

『なんかしたら、かえって悪くなるかも』

『でもなんも言わへんまま私が引っ越したら、結局、この間まで会われへんかった。京都には今まで何度も来てたのに』

『本当はずっと、後ろめたかった。どうして、あの日、ひとりでおったメーちゃんに声をかけなかったんやろう』

『今度はメーちゃんと、友達でいたい』

『だから、相談ごとはちゃんと言って。あのときできなかったこと、私にさせて。私にできることなら、なんでもするから』

『来年も京都に来るし、そのときはまた遊ぼうよ』

読みながら、スマホの画面が涙でぼやけてしまう。

違うよ、コジちゃん。

相談しなかったのは、私のちっぽけなプライドを守るため。

私は助けてほしいと願いながら、自分からは言えなかった。

いじめにあうようなかわいそうな子だと認めてしまうようで、言えなかった。

でも、あのときにちゃんと声にしていればよかった、と今なら思う。そしたら、コジちゃんやお兄ちゃん先生との関わり方も変わっていたかもしれない。

涙を拭いて、私は送られてきたＵＲＬをクリックした。お兄ちゃん先生のフェイスブックのアカウントだ。

どんな結果が出ても、私には優しい友達がいるから大丈夫。カラオケに誘って、ハニートーストを食べて、愚痴《ぐち》を言ったらおわりだ。

ページの読み込みが遅い。

ふいに夏の日の、お兄ちゃん先生とふたりだった和室を思い出した。けして忘れないと思っていた一日だが、今は日付さえも忘れている。肌を焼く太陽の暑さと喉の渇き、足のしびれの痛みもいつかは思い出さなくなるのだろうか。

それが怖いようで、楽しみなようで、矛盾したまとまりのない感情で頭がいっぱいになる。

一度真っ暗になったスマホの画面に触れると、写真よりも先に文章が映し出される。ちょうど、一時間前の投稿だ。

『採用試験の一次に落ちた報告をばあちゃんにしたら、二時間説教されました。ばあちゃん、絶対、僕より長生きします。しばらくはまだ、非常勤で働くことになりそうですが、学習支援の仕事は学びが多いです。しかし来年こそ合格するぞ。目指せ、クラス担任！』

……ん？　学習支援の仕事？

採用試験に不合格だと教師になれないと思い込んでいたけれど、非常勤という枠があるのか。考えてみれば、そういう枠がないと、週一だけの授業がある科目とか、産休に入った教師の穴埋めができなくなる。

お兄ちゃん先生の過去の投稿をスクロールしてみると、小学校で勉強が遅れがちな生徒のサポートをしているらしい。

なーんだ。お兄ちゃん先生はやっぱり、お兄ちゃん先生だった。夢を諦めたどころか、夢を現実にするために、今もがんばっている。

最新の投稿に戻ると、写真がようやく読み込めた。

縁側で籐椅子《とういす》に腰かけたおばあちゃん先生の足元で、正座してピースするお兄ちゃん先生。おばあちゃん先生は鼻にチューブが入っているものの、凛《りん》とした横顔は変わらない。お兄ちゃん先生は少し太った？　確認のために画像を拡大してみて、ギョッとした。お兄ちゃん先生がピースする左手に巻かれていたのは、私がプレゼントした腕時計。まさかと思ったが、白い文字盤も紺の革ベルトもやはり同じデザインだ。

……どういうこと？

私は慌てて、古道具屋石川原に飛び込んだ。

ダンボール箱を探るが腕時計がない！　ない！　ない！

どうして？　白昼夢《はくちゆうむ》でも見た？　初恋の亡霊が見せた幻影？　夏の恐怖体験ですか？

混乱していると、背後から肩を叩かれた。ゾッとして悲鳴を上げる。

「ぎゃ！」

「わあ！」

「きゃあ！」

「ひゃあ？」

悲鳴の応酬だ。

それを聞いてちょっと冷静になる。まさか、幽霊がこんなにノリがいいはずもないし。

振り返ると、予想通り郷さんだった。彼は左手をズボンのポケットに入れたまま、目を丸くして、

「慌てた様子だったから、どうかしたのかと思って……」

そうだ。こういうときこそ、郷さんに聞こう。

「腕時計の亡霊っていると思います？　ある人にプレゼントした世界にひとつの腕時計が

このダンボール箱に入っていたのに、消えているんです。しかも開店前には私、見てて」

言いながら、私はスマホでお兄ちゃん先生の写真を見せる。

「これです。この腕時計。もちろん、投稿時間と本当の撮影時間にはタイムラグが生じるでしょう。でも、背後にある日めくりカレンダーの日付は今日です。瞬間移動でもしない限り、ありえない現象です。そんな科学技術は残念ながら、実現していませんし。……時計職人の呪いですかね？　苦労した商品をマネされて、バッタモンで儲《もう》けられる悔しさから、怨霊《おんりょう》化したとか」

「バッタモンの腕時計なら、世界にひとつだけではないんじゃないかな」

冷静に郷さんが続ける。

「バッタモンは安売りとか投げ売りをさす言葉で、最近は偽物とか類似品という意味でも使われるけど、雛ちゃんが言うのは後者だよね。大量生産したほうが、原価率が下がる。そもそもどうして、世界にひとつだと思ったの？　何か目印があるとか？　傷とか、サインとか」

「サインがあったんですけど……でも」

「でも？」

聞き返されるが、私は続けられない。

あのときの露天商のセールストークが、信用できるとは思えなかった。

私がプレゼントした腕時計が瞬間移動したと思うより先に、同じやり口で売った商品が複数個存在していた可能性を考えるべきだった。

つまり、今までの悩みは全部、徒労にすぎない。

それに気づくと、膝の力が抜けていく。自分がバカすぎて笑えてきた。

「ところで、雛ちゃん。今、何時か知りたくない？」

脈絡なく郷さんが言い出し、ポケットに入れていた左手を出した。その手首には、私が探していた腕時計が巻かれている。しかも、すべての針が動いていた。

「あ！」

つい私が指をさしたら、郷さんはいたずらに成功した子どもみたいに自慢げに笑い、腕時計を外す。

「雛ちゃんが気にしていたから、取って置いたんだ。電池交換もしといた」

今日はありがとう、と言いながら、郷さんが腕時計を私の左手首につけてくれた。あまりにもさりげなく、それが当然の流れのようなしぐさだったから、断るひまもなかった。

一度は、初恋の人に捨てられたと思い、亡霊かとさえも疑った腕時計が、今は私の手首に収まっている。

これはこれで、縁だろうか。

外側に向いていた文字盤を手首の内側に向ける。うん、悪くない。女性向きのデザインではないけれど、アンティークっぽい風合いが素敵だ。

これを見るたび、今日の日を戒《いまし》めとして思い出せるだろう。すぐに視野が狭くなる自分を自覚しよう。

いろんな角度から眺めたあと、ハッと気づいた。小一の妹ができたことを私はしていない。

私のリアクション待ちをしていた郷さんに、笑顔でこう言った。

「ありがとうございます。大切にします」

四章

幽霊の落とし物

1

夕食をいち早く食べおえた妹がテレビのチャンネルを変えた。怪談特集をやっている。夏休みがおわってもまだこんな特番をやるのかと思ったけど、八月三十日は世間的にはまだ夏休み。

私もぼーっとテレビを見ながら、ふいに先月のできごとを思い出した。祇園祭《ぎおんまつり》の宵山《よいやま》の夜。

お風呂上がりに部屋に戻ると、船太《こうた》が私の勉強机に座っていた。いつも私を無視するくせに、用があるときはこんなふうに私のスペースに居座る。

反抗期の弟が、やけに真剣な顔つきで重い口を開いた。

「お前、幽霊はいると思う?」

進路とか、友人関係のトラブルかと身構えた分、私は拍子抜けする。

図体が大きくなっても頭の中身はまだまだ子どもだな、と思ったのが顔に出ていたのか、船太はイライラした声で「オイ、返事は」と急《せ》かした。

その横柄《おうへい》な態度にムッとする。

「私は、お前でもオイでもない」

言い返したのは姉の威厳を保ちたかったからではなく、郷《ごう》さんと軽く揉《も》めたあとだったので、完全な八つ当たりだ。弟の妙な思いつきに付き合う気分じゃなかった。

無視してふとんを敷き始めると、背中に何かあたった。足元に消しゴムが転がっている。痛くはなかったけれど、ちょっと驚いた。

そうまでして広げたい話だったの？

でも、私から折れるのは少し悔しい。

八歳下の双子の弟たちや九歳下の妹とは違い、二歳下の弟を相手にしたときが、私は一番優しくなれない。それは船太も同じで、弟や妹と接するときは、それなりに面倒見のいいお兄ちゃんだ。

私たちは歳《とし》が近い分、ささいな喧嘩《けんか》をたくさんした。

遠慮のない間柄といえば聞こえがいいが、遠慮がなさすぎて言い過ぎてしまうので、この一年は冷戦状態に近い。

やがて、船太のほうが折れた。

「……お姉は、幽霊がいると思う？」

この呼び方は新鮮だ。

小さいころは「ひなちゃん」で、小学生になったら「ひなこ」で、最近では熟年夫婦みたいに「お前」か「オイ」だった。そのたび、母に「お姉ちゃんでしょ」と訂正されていた。

さんとかちゃんもつけてほしいと思ったけれど、努力のあとは見られたので私は振り返って答えた。

「いないと思うけど」

「やっぱり？」

何か続くかと思ったら、続かない。聞いて損した、と言わんばかりに船太がため息をつく。

肩透かしを食らって、今度は私が気になった。

「え、何？　あんただって、そうでしょ？　ホラーとか興味ないし」

「なかったけど……」

「学校で怪談話でも流行《はや》った？」

「そんな作り話なんか信じへんわ」

「……じゃあ？」

「もう、ええよ。風呂行ってくる」

急に切り上げられて気にはなったけど、考えることは他にもあったし、船太が部屋に戻る前に寝入ってしまい、忘れた。

そのことを今になって思い出した。怪談特集のせいだろう。

船太を盗み見ると、ご飯のおかわりに立ち上がった。これで三杯め。

中学校に進学してから、船太は成績がよかった体操をやめた。筋肉をつけすぎると身長が伸びなくなると聞いたからだそうで、そのせいかはさだかではないが、今では私より十センチほど背が高い。そんなに食べたら、そろそろ横にも大きくなるんじゃないかと思う。

視界の端で、双子の弟・雅紀《まさき》が双子の兄・琢磨《たくま》に何か耳打ちした。テレビに幽霊が映し出されたのと同時に、琢磨が星海《きらら》の背中を押す。

「わっ！」

「！」

ビクッと星海の両肩が上がった。思い切りよく振り返った妹が、そのはずみで味噌汁《みそ》のお椀《わん》を倒した。わかめの味噌汁がテーブルに広がり、途端に母が怒る。

「琢磨！」

「オレじゃない！　星海！」

「あんたのせいやろ！」

私が台拭きを取ってくる間に、父と星海が作ったティッシュの防波堤ができている。知らん顔していた雅紀も母に捕まった。

家族で囲む騒がしい食卓はいつものことで、考えごとをするひまもない。

船太はといえば、膝《ひざ》の上に唐揚げのお皿を避難させ、モクモクと食べ続けている。

弟と在学期間がかぶっていた小中学校時代は、いろいろ情報が耳に入っていたけど、最近はぜんぜん。試験前になって、船太がふてくされた顔で私に勉強を教わるとき以外、あまりしゃべらなくなった。

そして数少ないうちの一回が、「幽霊はいると思う?」。

一番長い付き合いの船太が、もはや一番わからない。

それでも付き合った長さの分だけ、信頼もあるから、ほどよく放っておく。——それが、どんな結果になるかも知らずに。

翌日の放課後、学校の帰り道。

古道具屋石川原《いしかわら》から、五十代ぐらいのスーツ姿のおじさんが出てきた。額《ひたい》の汗をハンカチで拭きながら、いぶかしがって首をかしげ、何度も店を振り返る。

どうしたんだろう？　あの店内に圧倒されたんだろうか。

なんとなく気にしていると、おじさんは私を見つけて、「ちょっと」と声をかけてきた。

店を指さしながら、

「床屋やなかった？　無口のじいさんとおしゃべりなばあさんがやってた店」

あ、前の店のお客さんだったのか。

店先には三色のサインポールがあるし、カレンダー裏の貼り紙『古道具屋石川原』に気づかないまま入店してもおかしくはない。

「五年前に閉店されたんですよ。おじいさんが亡くなってしまって」

昭和から続く、昔ながらの理髪店だった。

いかにも男性向けの店なので私は切ってもらったことはないけれど、父や船太は通っていたし、地蔵盆《じぞうぼん》などのイベントごとではご夫婦を何度か見かけた。

おじいさんはいつもビシッとした角刈り。無口で不愛想で、いかにも偏屈そうな職人肌の人だった。その反面、おばあさんはすごく明るくて、おじいさんの分までよくしゃべる。似合いのおしどり夫婦だ。

理髪店のおじいさんの訃報《ふほう》は、スーツのおじさんにとっては思いがけないことだったら

しく、憮然《ぶぜん》として眉をひそめ、

「あのじいさんが……。知らんかったわ。若い兄ちゃんが出迎えたから、てっきり、よく話に聞いとったお孫さんが店を継いだんかと思ったら、『丸坊主専門になりました』なんて、けったいなこと言い出しよって」

……言いそうだなあ、郷さん。

「引きとめてごめんやで、お嬢ちゃん」

肩を落としたおじさんの後ろ姿は、どこかさみしそう。

私は今あったことを郷さんに話すつもりで店に入る。

涼しい店内を予想していたら、ムワァとした熱気が肌に触れた。小型の古い石油ストーブの上で、やかんがシュンシュンと音を立てている。

八月とは思えない異様な光景にひるみ、私は立ち尽くした。

「……何をしてるんですか」

聞くと、郷さんは「昨日、大家さんから譲り受けたストーブの試運転」と答えた。

さっきのおじさんは何重にもびっくりしただろう。

馴染《なじ》みの理髪店だと思って入ったら店が変わっていたし、店員とは話が嚙《か》み合わないし、冷房が効いているかと思ったら熱風だ。

私がガラス戸を開けたままでいると、顔中に汗を掻《か》いた郷さんはうっとりと目を細めた。

「外の風が涼しい……」

そりゃそうでしょうとも！

「そうだ、雛《ひな》ちゃん。この間のひやしあめの材料費、支払いがまだだったよね。いくらだったかな？」

「そんなことどうでもいいです！」

私は言い返しながらストーブを止め、縁側の窓も開放して風を通す。部屋中にこもった熱気を完全に追い出すまで、五分近くかかった。

「ただでさえ熱中症が心配な季節なのに、こんな暑さの中にいたら、死にますよ！」

「ずっと中にいると、わかんなくなってたね」

赤い顔のまま郷さんはのんびりと言い、やかんの蓋《ふた》を開けた。お湯の中にぜんざい缶が沈んでいる。

「あ、まずい。どうやって取ろう」

コンビニでもらった割りばしを使っても、缶の表面はつるつるだし重いしで摑《つか》めない。

結局、お湯を捨てることでことなきを得た。でも今度は缶がじかで触れないくらい熱い。

プルタブを開けようと試行錯誤《しこうさくご》する私たちはなんていうか、文明の利器と初めて遭遇した原始人みたいだ。

郷さんは、一個のぜんざい缶をふたつのカップにわけた。紅茶のほうが似合いそうな小ぶりのティーカップだ。

「こういうの、懐かしい」

と、郷さんが言うから、原始人仲間が昔にもいたらしい。そのときの経験が今回にまったく活《い》かされていなくて、とても残念。

薄々感じていたことだけれど、郷さんはやけにバランスが悪い。

高い記憶力はもちろん、店を出す行動力、闇《やみ》市の夜の集客力から察すると、幅広い人脈もある。しかしそれでいて、自己評価を下げるような立ち振る舞いもする。

たとえば、引っ越しの挨拶《あいさつ》でサングラスをつけたままだったり、人嫌いだと言っちゃったり、さっきだって「丸坊主専門店」なんて言って、人を遠ざけたり。

「そういえば、理髪店と間違えて入ったお客さんに声をかけられました」

入店して十分以上過ぎてから、私はようやく本題に入れた。

「たまにいるんだよね。話してわかってくれるならいいけど、なぜか強情な人もいてね。どうしても髪を切ってくれと言われた経験があるから、初めから丸坊主専門だと答えてる」

なるほど、そんな苦労もあったのか。

「ストーブをくれた大家さんは、この店舗の？」

「いや、アパートの」

どの辺に住んでいるんですか？　と聞こうとして、やめた。根掘り葉掘り聞いて、心のシャッターを下ろされたくない。

正直に言おう。私はびびっている。

突然現れた人は、同じくらい唐突にいなくなってしまうんじゃないかとおそれている。

前はもっと、何も考えてなかった。

どんな人なのか、郷さんのことがただ知りたかった。

けど今はなんていうのかな。

古道具屋石川原がある風景が、すでに私の日常になってしまった。

どうしたら、この自由人がこのまま居ついてくれるんだろう？

本当は、明後日から始まる文化祭に郷さんを誘いたかった。私が通う高校は文化祭に力を入れていて、一年で一番活気があり、私が進学を決めた理由のひとつでもある。

私のクラスは英語で朗読劇をやる。クラス全員参加の下、私にもセリフが与えられていた。台本を持ち込める朗読劇だから気楽かと思いきや、これがなかなか緊張する。自分のせいでリズムを崩すのが怖い。

しかも演技ができる人がひとりもいなかった。みんな、ひどい棒読みだ。

そうなると、自分がしっかりしなきゃまずいという危機感が個々に生まれたようで、回数を重ねるごとにどんどんうまくなっていった。

でも朗読劇をする時間に、郷さんの店は開店している。

「今日で八月もおわりかあ」

まるで独り言みたいにつぶやいて、郷さんはカップの残りをあおった。

2

文化祭は九月あたまの土日を使い、二日間にわたって開催される。

去年に来たときは外部の人間だったけれど、今年はそうじゃないことが受験をがんばったご褒美《ほうび》みたいに感じられてうれしい。

午前中は講堂で、他のクラスの上演も見た。現代劇・SF・アニメ脚本コメディなど。

私好みの密室殺人劇でもあればうれしかったけれど、それはなかった。

私のクラスの演目は、『走れメロス』。教科書にも載る、誰もが知る友情物語。

制限時間をオーバーするクラスが多い中、練習を重ねたうちはなんと、五分近く早くおわった。もちろん、それはそれで減点対象だ。

順位発表は明日の閉会式で。

演目の前にステージ脇で円陣を組んだり、声かけをしたりと文化祭特有の団結感が味わえた。教室に戻るとプチ反省会とお疲れ会。意見がどんどん出てきた。

連日、稽古《けいこ》に励んだせいか、今はクラスメートのひとりひとりの顔が見える。出席番号一番の赤城《あかぎ》さんじゃなく、お昼にお弁当をみっつも平らげる赤城さん、といったふうに、それぞれの個性を知った。

クラス委員長の丹羽《にわ》くんが、「いつもは成績を競うライバルだが、今日は仲間だ。そして明日からも」と熱弁したときには、みんな笑いながらちょっと泣いていた。

準備から今日にいたるまで忙しかったけれど、このクラスで取り組めてよかった。


空き時間になると、歴史研究会の展示教室を覗《のぞ》いた。女学生日記のときにお世話になった薫《かおる》が受付をしている。

時代による生活の移り変わりを歴代の制服とともに、パネルで紹介。受験生やその親、その祖父母にいたるまで、来場したどの世代の人でも興味が持てそうな、おもしろい展示だ。

私のお隣さんの田中《たなか》さんから借りた写真や証言も採用されていて、あのときの嘘《うそ》調査をこうしてちゃんと活かしてしまうあたり、薫はすごい。彼女が研究会を乗っ取る日も遠くないだろう。

感想を伝えようと受付に向かうと、薫は私を見るなり、両手を合わせた。

「ごめん。先輩がちょっと遅れるみたいやから、まだ留守番せなあかんねん」

一緒に文化祭を回るはずだったから、がっかりした。でも薫のほうがつらいだろう。

「ええよ、仕方ないやん」

「ごめんついでだけど、文芸部の部誌を買ってきて」

それ、ついでに頼むこと？　と思ったけど、まあいいか。

「一部でええの？　三部？」

「三で」

保存用と布教用と閲覧《えつらん》用の三部買いが基本らしい。

模擬店では調理部のわらび餅《もち》がおいしい、という情報ももらった。小腹もすいたことだし、先に模擬店に向かう。

校庭には仮設テントの屋台が並ぶ中、行列を作る屋台があった。

「お持ち帰りの方はこちらに、今食べる人はあちらでお願いしまーす」

調理部はこの場でわらび餅を作っている。焦がさないよう、大鍋の底を何度も掬《すく》い上げる姿は、見るからに重労働だ。

行列が進むと、わらび餅を練る小気味よい音が聞こえてきた。

タクタクタク……

「きな粉と抹茶《まっちゃ》、どちらにします？」

レジ係の人に聞かれ、すごく迷ったが、いつもきな粉で食べているので今日は抹茶にした。小分けのパウダーシュガーとお茶つき。木舟の底から、熱がじんわり伝わってきた。

あったかいわらび餅ってどんな味？

まずはパウダーシュガーをかけずに一口。……これはやばい！　できたてのわらび餅って、こんなに柔らかいの？　ふわっとした口当たりでトロットロ。しかも濃茶みたいに抹茶の味が濃い。数回嚙んだだけで、スーッと溶けてなくなってしまう。

二口目はパウダーシュガーを少しだけかけた。うん、甘さって偉大だ。ビターな抹茶もいいと大人ぶってみたけれど、まだまだ子ども舌だった。甘いのがおいしい。あえてのパウダーシュガーは、粒子が細かいきな粉や抹茶に馴染ませるための工夫だろう。

あれだけ、練って練って練って、ようやくこの柔らかさが出るのか。

持ち帰りで郷さんに買おうかなあ。ひやしあめの材料費プラス手間賃としてちょっと多めにもらったので、財布の中身がいつもより潤っている。

模擬店の行列を見ていると、他の生徒より頭ひとつ背が高い上に、金に近い茶髪の男子生徒がいた。着ているのは、うちの制服だ。校則が厳しいので、染めた髪は珍しい。出し物のために染めたのかな？　それともカツラ？

なんとなく引きつけられていると、彼がわらび餅を受け取ってすぐ、『完売』の札が出た。

買えないとなるとますます欲しくなる。私は未練がましく、男子生徒を目で追う。でもすぐに人にまぎれて、見えなくなった。


文芸部は部誌の販売だけらしく、三つ編みと黒ぶち眼鏡の、絵に描いたような文学少女がひとりで座っていた。

この教室だけ、お通夜《つや》みたいに静かだ。

机には年度別の部誌が並んでいる。一昨年、去年、今年の三誌。そういえば、何年度版が必要なのか、聞いてなかった。今年だけでいいのかな？

見本を開くと、部員の創作小説やオススメ本ランキング、ビブリオバトルの議事録が載っている。私も一冊買おう。

「すみません。今年の部誌を四部ください」

「四部？」

驚いたように聞き返された。

「友達に頼まれまして」

「さよですか。今、誤字改訂版のコピーを他の部員が持って来てくれはるさかい、ほんの少ゥし待ってもらえませんやろか？」

いりません、とはさすがに言えなかった。時間潰《つぶ》しに部誌を読み始めたけれど、頭はそれどころじゃない。

ネイティブ京都人に遭遇してしまった。

説明しよう。ネイティブ京都人とは私の独断と偏見による造語。意味を定義していないのに、なんとなく伝わるところがあるだろう。

末尾が「どす」、一人称が「あて」を使う人は商売人やご年配にはいるんだろうけど、少なくとも私は出会ったことがない。でも間違いなくいるのが、生活の音を先祖代々受け継いでいる人。

現代的な言葉遣いのまま、一節一節の抑揚に歌うようなリズムがつく。女性的なふんわりした語り口調で自分の意見をすんなり押し通す。

思春期になると、好きなアイドルや芸能人もできて、東京への憧れが大なり小なり生まれるせいか、クラス内における標準語の比率が増えていく。そのおかげで、私の京都人コンプレックスが少しずつ治っていたのに……。

自分の気配を消そうと部誌を見ていたら、それが熱心に読み込んでいるように見えたのだろう。声をかけられた。

「本がお好きなんですか？」

「……ミステリが」

「たとえば、どんな？」

この手の質問が一番困る。力量を試されている気がするのだ。

本当に好きな作家か、知名度がある作家を選ぶべきか、こういうときはいつも迷う。でも、知名度を重視したところで、「誰それ？」みたいな反応をされることもある。百万部売れて映画化されたタイトルさえ知らないなら、聞かないでほしい。

ここはもう、素直に行こう。

「ベタですけど、ホームズです。小学校の図書室で読んで、ミステリにはまるきっかけになったんで」

「ホームズ！　最近はドラマや映画も話題で。ご覧にならはります？」

「見ました。映像だとトリックがわかりやすくなっていいんですけど、その反面、私でも気づくことにどうして名探偵が気づかないんだと思ってしまうので、活字のほうが好きです」

「海外の作家だけ？　日本は？」

「中学で江戸川乱歩《えどがわらんぽ》にはまりました。最近だと、高校の図書室に旅情ミステリが並んでいるって気づいて、読み始めています。特に京都を舞台にした物」

「それ、ウチが一年生のときからずっとリクエストして、今年やっと入荷したんです。舞台が京都やから、そういうくくりでやったら、買ってくれはるかと思って」

うれしそうに彼女が笑う。予想以上に話しやすい人だった。

同じ本をおもしろがるセンスを持っているとなると、途端に打ち解けてしまうのが、本オタクのさがである。

改めて自己紹介をしてもらった。泉《いずみ》先輩は、三年生で文芸部の部長さんだ。

「ウチはホラーが好きで、最近は横溝正史《よこみぞせいし》先生の『獄門島』を読んだんです。タイトルからして、おどろおどろしい雰囲気が、しはりますやろ？　でも期待とは別の意味で、おそろしい話でしたわ」

明るく上品で、はんなりを体現したような笑顔なのに、どこか底知れない闇が感じられて怖い。でもそれ以外は楽しい人だった。

トランプの持ち札をさらすみたいに、お互いの読書歴を話していると、ほがらかな声が響いた。

「お疲れさまです、差し入れです」

その明るい茶髪の男子生徒は、調理部の模擬店の前で見たばかり。

北欧の血が入っていそうな整った顔立ちとスタイル。髪はおそらく地毛だろう。同じ学校にいて、どうして評判を聞かなかったのかと思うぐらい、日常生活では見られないような美形だ。現代的なイケメンではなく、美術館に並ぶ塑像《そぞう》めいた美しさ。目の前にいて、しかも学校の制服を着ているのに、３Ｄホログラムだと言われたほうが納得できる。

彼は少し意外そうに私を見てから、泉先輩に向き直り、

「これ、評判のわらび餅。きな粉と抹茶と二種類あったんで、好きなほうを部長が選んでください」

きれいな顔の彼に優しくされても、泉先輩はまったく動じない。

「それより、コピーは？」

「してきましたよ。はい、どうぞ」

「なんで、クリアファイルに入れへんの。くしゃくしゃやないの、もう」

ふたりは先輩後輩というより、仲のいい姉弟《きょうだい》みたいだ。

泉先輩が皺《しわ》を伸ばしたコピー用紙を部誌に挟んで私にくれる。

「お待たせして、ホンマにごめんなさいね」

薫に頼まれたおつかいはこれで済んだけど、ここに残って話したい気分だった。でも、絶世の美形が視界を遮《さえぎ》るみたいにズイと前に出る。

「きみ、悩みがあるでしょ？　しかも、男関係」

一瞬、なぜか脳裏に郷さんの顔がよぎった。

言葉を詰まらせた私に泉先輩が種明かしする。

「悩みがない人なんておらへんからね」

「しかも、女子高生の悩みなんて、たいがい恋愛ざた」

絶世の美形が続けて言いながら、ズボンのポケットからカードケースを取り出し、名刺をくれた。金色で箔《はく》押しの文字が躍《おど》る。

『名探偵　烏丸《からすま》　元《はじめ》』

こんな肩書きを堂々と名乗るとは心臓が強すぎる。私はなかばあきれつつ、

「名探偵なんですか？」

「実績はこれから。悩み相談はもちろん、殺人を犯したら、連絡してね」

自称名探偵は、ニッコリと営業スマイルを浮かべた。

この人がなぜ、校内で評判にならないか、わかった気がする。顔の美しさ以上におかしな言動が目立つから、周りはあえて触れないようにしているんだ。

こうなると、他の部員も気になってくる。私は好奇心にくすぐられ、泉先輩に聞いた。

「文芸部員さんって、おふたりだけですか？」

「もうひとりおるよ。その子も男の子やから、女子部員はウチひとり」

第三の男がどんなキャラか、見たい。

でも長居していると、おやつ休憩もできないだろう。調理部の職人業を尊重して、おいとますることにした。

泉先輩は、「よかったら、感想ちょうだいね」と、去年と一昨年の部誌もサービスしてくれた。

歴史研究会の展示教室に戻ると、分厚い部誌を六冊抱えてよろよろした私を薫が驚いた顔で迎えた。

高校生初の文化祭初日がおわり、ＰＴＡの手伝いに参加していた母と家に帰るなり、船太が私の腕を掴んだ。

二階の自室まで引っ張られ、目の前に拳《こぶし》を突きつけられる。

「見ろ」

近すぎて、何を持っているか見えない。ただ、ひどく臭い。

船太は湧き上がる興奮が抑えきれないように声を震わす。

「東《あずま》じいちゃんのや」

東じいちゃんとは、五年前に店を閉めた理髪店のおじいさんのことだ。ついこの間、訪ねてきたおじさんがいたから思い出せたぐらい、久しぶりに聞く名前だ。

船太は拳を下ろし、握った手をゆっくりと開く。

手のひらに現れたそれは、細い絹糸で幾重にも編まれた紐《ひも》だった。本来の色はおそらく紅白だろうけど、どぶに落としたのかと思うほど黒ずみ、すえた臭いを放っている。

ミサンガとして手首や足首に巻くには、少し長い。紐の端にはそれぞれ、小さな輪っかと丸い玉がついている。留め具があるので、この紐は輪っか状にして使う物だし、ネックレスかもしれない。

紐の表面はボロボロ。しかも真ん中あたりから、ちぎれている。

これが、東さんとどう結びつくかはわからない。仕事の邪魔になるのを嫌って、腕時計も結婚指輪もしていなかった人だ。

戸惑う私に、船太は真剣な面持ちで言った。

「東じいちゃんの幽霊が落としてん」

こういうとき、どういうリアクションを取るのが正解なんだろう。

どうやら、宵山の夜の幽霊話はずっと続いていたようだ。

困惑しつつも、私は状況確認につとめた。

「いつ、どこで拾ったん？」

「今日の昼、地蔵本橋《じぞうもとばし》で。一乗寺《いちじようじ》のラーメン街道に行ったら、じいちゃんを見かけてん」

一乗寺はラーメンの激戦区だ。半世紀以上続くさっぱり系醤油《しょうゆ》ラーメンから、ポタージュスープのような濃厚ラーメンまで品ぞろえは幅広い。自転車で十分ほどで行けるし、学割がきく店も多いので、船太は重宝しているらしい。

よくよく話を聞くと、船太が初めて東さんの幽霊を見たのは七月十日。

一乗寺で歩道を歩くおじいさんとすれ違い、ふとした違和感を抱いた。その正体に気づいたときに振り返っても姿はない。

その当時、船太は前髪が鼻先にかかるほど長かったので、東さんに長髪を怒られているような気になり、散髪に行った。でも日が経《た》つほど不安になって、私に相談してみたものの、頼りにならない。中学の友達と話し合い、五山《ござん》送り火では東さんの慰霊《いれい》のため、すべての送り火に手を合わせようと市内を駆け抜けた。

でも今日、ラーメン店の行列に並んでいると、東さんの幽霊を再び見かけた。追いかけた先、疏水《そすい》をまたぐ地蔵本橋のたもとで、切れた紅白の紐を拾った。

「東じいちゃんは未練があんねん。それを俺に託さはった」

今の船太はまるで、女学生日記の作者を探そうとやっきになったり、腕時計の亡霊を見たと思い込んだりしたときの私だ。

私が弟と冷戦状態になった原因のひとつは、これ。

思春期とか反抗期とか、私が通ってきた今となっては気恥ずかしい過去を追体験させられる。迷走する船太を見ていられない。

「おじいさんがそんなにラーメン好きかな？　幽霊って、未練ある場所に出そうやん。出るならせめて、お店やろ？　自分の仕事をすごく大切にしてはった人やんか。それに生前に持っていなかった物を落とすとか、変やし」

私が矛盾《むじゅん》点を指摘すると、船太は明らかにトーンダウンした。

……あー、この顔。期待通りの答えが得られず、がっかりしたのを表に出さないようにしてもにじみ出る不満感。郷さんから見た私の反応でしょ、絶対。

幽霊の真偽《しんぎ》はともかく、誰かの落とし物が今、目の前にある。私には用途のわからない紐でも、これを一生懸命探している人がいるかもしれない。

親世代が私ら世代のアイドルの見分けがつかないみたいに、船太も別人を東さんと見間違えたんだろう。でも、幽霊説を一度思い込んだ船太は聞き入れない気がする。たぶん、そこも私と似ている。

いつもなら、郷さんに相談を持ちかけるところだけれど、今回は諦めよう。自分の前に同じ場所で店を出していた人が幽霊となって出歩いているなんて話、気味が悪い。

新たな相談相手として頭に浮かんだのは、ホラー好きの泉先輩と自称名探偵だった。

私はスマホを取り出し、言った。

「……写真撮っていい？　学校に相談できそうな人がおるから」

3

文化祭二日目の今日、私は食堂に向かう。もらった名刺のメールアドレスに相談メールを送るとすぐに返信があり、指定された場所がここ。

食堂は休憩スペースを兼ねて、文化祭中も開放されていた。

連絡を取った目当ての半分以上を占めていた泉先輩は、三年生のクラス発表があるから不在。がっかりした私を迎えたのは、自称名探偵こと、二年生でチャイナドレス姿の烏丸先輩だった。

私が通う高校のミスコンは、男性が女装してミスを、女性が男装してミスターを選ぶコンテスト。今は投票期間中だ。

烏丸先輩は壁にもたれかかり、私のスマホで画像をチェックする。妬《ねた》ましいほど白くて美しい生足を組んだ。

「これは組紐だね」

烏丸先輩はチャイナドレスのボタンを強調するように布地を引っ張った。紐がクジャクのような形を表現している。

「これも組紐のひとつ。古くは縄文《じょうもん》時代からある手法で、茶道具や甲冑《かっちゅう》にも使われてきた。丈夫だし、実用と装飾を兼ねているんだよ。……スマホの写真だけじゃあ確実とは言えないけど、二重巻きにでもして、ブレスレットにしていたんじゃないかな。古くなった紐が自然と切れてしまって、落としたことに気づかなかった」

「……さすが、探偵さんですね」

立て板に水の説明に私が驚きを隠さずに言うと、烏丸先輩は意外にも照れたように笑って、

「先月、文芸部で西陣《にしじん》に組紐のワークショップに行ったからだよ」

「え、文芸部ってそんなこともするんですか？」

「学内での部活自体は週一で、学外で伝統工芸巡りが月一ぐらい。学外活動は生徒会から予算をもらう実績作りのために嫌々始めたらしいんだけど、僕は結構好きだな。京都に住んでいると、案外、京都のことを知らないでしょ？」

それは私も最近、身に染みてよくわかっていたことなので、大きくうなずいた。

郷さんにおやつ事情を教えると言っておきながら、いろいろ知ったのは私のほうだ。

「まあ、それはさておき。間山《まやま》さんの弟の様子はどうだった？　幽霊を見ておびえていた？」

どうだったかな。うまい言葉が見つからない。

「怖がっている感じはしなかったですね……。七月の時点だと、見たものを自分でも信用しきれなかったようで。でも今回は、……張り切っている？」

自分で言いながらも違和感があった。

「使命感に燃えている？」

言い直したところで、やっぱりおかしい。私が首をかしげていると烏丸先輩が、

「落とし物を拾ったんだし、幽霊に対して嫌悪感はないよね。話をしたいとか、成仏《じょうぶつ》できるように手助けしたいとか、そんな感じ？」

「あ、たぶんそれです」

すごく腑《ふ》に落ちた。

幽霊を見たから張り切っているんじゃなく、世話になった相手を手助けする使命感に燃えている。

反抗期の弟が自分を曲げてでも私に話しかけたのは、東さんのためだからだ。

「間山さんの弟が見間違えた相手が幽霊じゃないなら、血縁者かもしれないよね。まずはその線で調べてみたらどうかな？」

がんばって、と言いながら烏丸先輩がスマホを返してくれた。

たしかに赤の他人だと疑うより、親族をあたったほうが東さんに似た人を探せるだろう。

……でも。

「一緒に探してくれないんですか？」

「若者ならＳＮＳを使って情報収集ができるけど、高齢者の情報は人づてのほうが早いよ。

間山さんは元ご近所さんなんでしょ？　僕が調べるより、間山さんが聞き回るほうが警戒されないと思う」

おっしゃる通りだけど、少しがっかりする。

私が思う探偵は、自《みずか》ら前線に出て動くタイプ。一流捜査官の知識と観察眼を持っている。てっきり共同捜査の流れに行くかと思っていた。

烏丸先輩はもしかしたら、安楽椅子《いす》探偵を目指しているのだろうか。

物言いたげな私の視線に気づいたのか、

「僕も行っていいけど、いいの？　僕のような国宝級のイケメンが一緒にいると、間山さんの気になる人に誤解されるかもよ」

女装姿で何を言い出すんだ、この人は。

あきれたけれど、この美貌《びぼう》に無自覚でいるよりはむしろすがすがしい。

たたみかけるように烏丸先輩が続ける。

「図星？　じゃあ、間山さんの気になる相手はきっと幼なじみだ。校内でこうして僕と会うのはよくても、学外では会いたくないなら、高校は別。いつも近くにいすぎて、もう一歩が踏み出せない。……でしょ？」

「気になる幼なじみなんていません」

いた。

「自覚してないだけなんじゃない？　きっと身近にいる」

自信満々に言うが、今回ばかりはハズレだ。

でも、ムキになって否定したところで納得してもらえない気がしたので、うなずいておいた。

文化祭の閉会式。私のクラスは賞が取れなかった。……残念。でもここで培《つちか》った団結力は、今後の体育祭につながると思う。

あと蛇足情報として、烏丸先輩は健闘むなしく準ミスだった。たぶん、あの美貌が逆に敬遠されたのだろう。

私は、学校帰りにひとりで田中さんちにお邪魔した。

烏丸先輩と別れたあと、思いついた仮説があり、それを確認したかったのだ。

ズバリ、おじいさんは本当に亡くなっているのか？

理髪店が閉店した五年前、小学生だった私も船太も、東さんの葬儀に参列していない。

『東さんが亡くなった』、『そのあと、理髪店が閉店した』という事実から、亡くなったのはおじいさんだと思い込んでいたが、実のところ、亡くなったのはおばあさんでは？　という疑問が湧いた。

なぜ、今までそれに気づかなかったのかといえば、私や船太が子どもだったからだ。子どもの前で大人は「死」というワードを使いたがらないし、子どもながらに聞いちゃいけないことだと思った。

他人の家の事情を聞き回るなんて、本当はすごく苦手意識があるけれど、船太のためにも、組紐を落とした誰かのためにも、真実を見極めたほうがいい局面だろう。

田中さんは熱いほうじ茶と一緒に、お盆いっぱいのおやつを出してくれた。

「ひ孫が来たときに買《こ》うたんやけど、余ってしもて」

そんなふうにさみしそうに言うから、私はひとつもらう。

ぬれ八ツ橋《やつはし》は、生まれて初めて食べた。円形の八ツ橋を焼いた物で、ぬれ八ツ橋の名前にふさわしく、ふにゃんとした生地だ。重なった二枚がくっついていたから、そのままかじった。

せんべいみたいなしょっぱさを想像していたが、一口めでまさかのつぶあんに到達する。その食感をたとえるならば、きんつばか、六法焼きに近いかな。焼いたせいか、ニッキの匂いが一段と濃い。

つぶあんもニッキも八ツ橋もすべて知った味なのに、食感が違うとこうも変わるかと驚くほど、まったく新しい味わいだ。

八ツ橋を活かすことにかける京都人のバイタリティたるや、おそるべし。

これ、郷さんは知っているかな？　と思ってから、本来の目的を思い出した。

幽霊騒ぎは黙ったまま、東さんご夫婦の話を切り出す。

「先日、石川原さんの古道具屋さんを理髪店だと間違えて入ったおじさんに話しかけられたんですけど、私は東さんたちの近況を知らないから何も言えなくて。お世話になったのに、私はご夫婦のどちらが亡くなったかも知らないんです。今はどうなさっているでしょうか？」

するとと、田中さんはポカンと私を見た。

「嫌やわ、雛ちゃん。東さんは亡くなってへんよ？」

「え？」

亡くなった人を間違えて覚えていたどころか、その前提すら間違っていた？

「閉店しただけなんですか？　引っ越されましたよね、五年前」

「そうなんやけどねえ」

世話好きで情報通の田中さんにしては珍しく口が重い。

しんぼう強く私が待っていると、ただの興味本位じゃないとわかってくれたらしく、教えてくれた。

「……亡くなったんはお孫さんやわ。かわいそうにまだ大学生で水難事故。それから一気にご夫婦が老け込まはってねえ」

お孫さん、か。

自分にも孫がいる田中さんが話したがらないのも無理はない。

「お店を閉められて、亡くなったとも聞いたので……てっきり」

私が言い訳じみたことを言えば、田中さんは納得したように静かにうなずく。

「ちょっと前にも挨拶に来てくれはったわ。店子《たなこ》さんが気になるみたいで。……えっと、石……？」

「石川原さんですか？」

「そうそう、石川《いしかわ》さん。年取ると新しい人の名前を覚えられへんくて、かなわんわ」

それでも間違っていたけれど、プライドを傷つけそうで訂正しないでおいた。

六月に郷さんが引っ越しの挨拶に来たとき、不審者かと不安がる私に田中さんが彼を悪く言わなかったのは、東さんに頼まれていたからだろうか。

ヨソモンには厳しいが、情が深いのも京都人だ。だからこそ、私は根っこの部分で嫌いになれない。この葛藤《かっとう》はたぶん、これから先も続くんだろう。

私がスマホで撮影した組紐の写真を田中さんに見せると、「ああこれ、ご主人さんが腕につけてはったわ」という証言も得た。

どうやら本当に東さんのブレスレットだった。店を辞めて趣味が変わったのかな？

お礼を言ってから、田中さんちを出る。歩きながら、考えを整理した。

古道具屋石川原が開店したのは、六月下旬。

船太が幽霊を見たのは、七月十日。

田中さんの証言から、東さんは貸している店舗を見に来ていた。

つまり、船太が見たのは幽霊じゃない東さんご本人。時系列から見れば、筋が通る。

この真相にホッとしたような、してはいけないような、複雑な気分だ。

顔を知っている東さんが存命だったことはうれしいけれど、でもお孫さんを亡くしたことはなんていうか。……なんていったらいいのか。

しかも、理髪店が今も営業中だと勘違いしていた先日のおじさんいわく、お孫さんの話題がよく出るくらい、親しい間柄だったらしい。だからこそ東さんご夫婦は長く続けた仕事も手放すほど、ショックだった。そのつらさを想像しようとしても、うまくいかない。

とにかくまずは、船太に話をしないと。

家に帰っても、誰もいなかった。連絡用のホワイトボードに『おかえりなさい。みんなでスーパーに行ってきます』と母の字で書いてある。帰宅予定は二十分後。

ただ静かに帰りを待つのももどかしく、私は古道具屋石川原に向かった。ぬれ八ツ橋のことをいち早く教えたかったたし、船太の勘違いを笑い飛ばしてほしかった。

外に出てから、制服を着替えてくればよかったと気づくが今更だ。まだ十九時前なのに、日の入りはどんどん早くなる。半袖《はんそで》では少し肌寒い。そろそろ夏もおわりだ。

夕闇に三色のサインポールが輝く。

新たに設置された壁かけ式のブリキの郵便受けは、初めからゆがみとサビがあって、店の外観にすっかり馴染んでいる。

ガラス戸をひとつ挟んで、何やら話し声が聞こえてきた。

先客がいるなんて珍しい。混み合っているなら出直そうかと思いつつ、開ける。

衝撃の光景に目を疑った。

ここではおかしなことばかり遭遇する。

家にやって来た不審者との対面。売り物とは思えない風変わりな商品たち。八月に稼働するストーブ。

そして今日は、変声期前のソプラノで念仏を唱える少年と塩をまく実弟。郷さんはなすすべなく、壁際で立ち尽くしている。

「……な、に、やってんの！」

びっくりしたのと恥ずかしいのとで、私の声が裏返る。

しかも念仏の少年は地蔵盆でいつもお世話になるお寺の跡取り息子だ。船太と同級生だけれど、大人しい彼はこんないたずらをするような子じゃない。となれば、弟がそそのかしたことは明白。

「船太！　裕《ゆたか》くんも営業妨害！」

私より大柄なふたりを追い出そうとTシャツの襟首《えりくび》を摑むと、船太は嫌がって振りほどく。

「お姉！　これは東じいちゃんのためなんや。自分の店でこんなわけわからんことされてるから、怒って化けて出てはるんや」

自分が正しいと信じ切っている顔だ。

念仏をまだ唱えていた裕くんは続けていいのか戸惑って、私と船太を見比べる。

「裕！　お経を続けろ！」

「裕くん！　せんでええ！」

勢いにのまれ、裕くんが押し黙る。友情の裏切りに船太は眉を吊《つ》り上げた。また何か言い出す前に、私が叫ぶ。

「東さんは生きてる！」

勢いのまま、一気にまくしたてた。

「亡くなったんはお孫さん。同じ時期に閉店したから、私らが勘違いしてただけ。最近、こっちに来てはるんは、貸している店の様子を見るため。ね、郷さん」

私が話を振ると、郷さんはぼうっと天井を見ていた。

「ね！　郷さん！」

声を張り上げて言えば、小刻みにコクコクとうなずく。

船太は引っ込みがつかなくなったのか、まだ疑った顔で、ジーンズのポケットから組紐を取り出した。

「怨霊《おんりょう》が憑《つ》いてないなら、なんでこんな臭いんや……」

ひどい臭いといい、黒ずみといい、ボロボロに擦り切れた状態といい、たしかに怨念めいた見た目ではある。

ふいに横からぬっと手が伸びた。郷さんだった。組紐を掴もうとしたのを、とっさに船太が拳を握り込んで避ける。しかしそれも想定内だったのか、郷さんは船太の拳ごと両手で捕まえた。

「これ、どこで？」

郷さんの指が震え、顔がこわばる。いつになく興奮した様子だ。

口ごもった船太の代わりに私が答えた。

「一乗寺の地蔵本橋らしいです。東さんがつけていたブレスレットが落ちたみたいで」

すると、郷さんはさらにギョッとして、

「東さんの？　……本当？」

「はい。おじいさんの物みたいです。ご近所の田中さんに聞きました」

私がそう答えると、郷さんは「そっか」とだけつぶやいた。

変わり者の郷さんだけれど、今日は輪にかけておかしい。

自分の店で中学生がこんな騒ぎを起こした上に、それが顔見知りの私の弟だったのだから、もっと怒ったり驚いたりしてもいいのに、今日一番の反応を見せたのは組紐だ。

それほどまでに、価値がある古道具なのか。

それとも郷さんの古道具愛が、他の何よりも強い証《あかし》なのだろうか。

この場にいる人間全員、かやの外。

営業中に弟が迷惑をかけた状況にもかかわらず、組紐に負けた気分で胸がもやもやする。

やがて郷さんが、船太の拳を包んでいた両手をゆっくりと放し、

「東さんはここの大家だし、俺が渡すよ。預かってもいいかな？」

さっきとは打って変わって、優しい口調で問いかける。

付き合いがある私でさえ、その豹変《ひょうへん》には違和感があった。スイッチを切り替えたみたいにあからさまだ。

困惑した船太が私を見た。信用していいのか？　と、目が問いかけている気がしたから、私は大きくうなずく。しぶしぶ船太は郷さんに組紐を渡した。

「ありがとう」

郷さんがホッとしたように笑って、恭《うやうや》しい手つきで受け取る。それを見た船太は居心地悪そうに下唇を噛んだ。

敵だと思っていた相手が、実は味方だったと気づいたのだろう。私より背が高い船太だが、郷さんは船太よりも上背がある。力ずくで奪おうと思えば、それができた。

突然、船太が頭を深々と下げた。

「迷惑かけて、すみませんでした」

ハッとして私も頭を下げる。

「弟たちがごめんなさい！　すぐ掃除します」

「……すみません」

裕くんも謝ったが、一番の被害者が郷さんなら、二番目が彼だろう。

郷さんは唯一の大人らしい余裕を見せた——ように見えた。

「疑いが晴れたならもういいよ。塩は気にしないで。ちょうどそろそろ掃除するつもりだったし。家族が心配する前に帰りなさい」

郷さんの優しい言葉を鵜《う》呑《の》みにはできないが、船太はともかく、裕くんはここから少し遠い。私ひとり残って掃除するつもりで、店の前で弟たちと別れた。

でも、船太にだけそっと言った。

「あとで話そう」

嫌がるかと思いきや、コクリとうなずく。

どうして私の帰りを待ってくれなかったの？　という言葉が出かかった。

幽霊話を私には打ち明けたのは、私を信じてくれたからじゃないの？　でも、信じたからこそ、この結果に行き着いたのかもしれない。

——幽霊って、未練ある場所に出そうやん。出るならせめて、お店やろ？

何気ない私の言葉を船太は真に受けた。東さんの幽霊が自分の大切な店に出られない理由を考えて、せめて迷える魂を癒《い》やそうとこんなことになった。

もっと親身になって話を聞いてあげればよかった。歳が離れた弟や妹と接するときとは違う甘えが、船太に対しては出てしまう。

しょせん私は子どもだ。弟の代わりに謝ることさえ、とっさにできなかった。

ふたりを見送ったあと、ガラス戸を開けて店に戻ると、郷さんは看板代わりの貼り紙を丸めていた。

「私、掃除を手伝います」

「いいから。今日は帰って」

「でも」

「夏バテが出たみたいで疲れたから、帰ってくれるとうれしい」

それは夏バテじゃなくて、幽霊騒動のせいでしょ？　と思ったけれど、言えなかった。

気軽にツッコめるような空気じゃなかった。

郷さんが船太をなだめるために使った愛想スイッチはすでに切られている。無表情な彼がまとう空気はひりつき、全身から拒絶オーラが出ていた。

……実はすっごい怒っているじゃないか。

どっと冷や汗が出た。

「ごめんなさい！　やっぱり弟たちにも掃除させますから！」

追いかけようとすると、「いらない」と声が返ってくる。

「じゃあ、看病します」

「寝たら大丈夫だから」

「氷枕を持ってきます」

「ほんと、いいから」

郷さんは会話を切り上げ、二階への階段を上がっていった。

ふだん、温厚な人ほど怒ると怖いと言うけれど、何も責めてくれないのも怖い。

ひとまず、私は内側からガラス戸の鍵をかけた。レジの奥にあったホウキを借りて、塩を片していく。埃《ほこり》なんてぜんぜんなくて、掃除したばかりに思えた。

ゴミを捨てたあと、下から階段を見上げる。上の様子はうかがえない。

靴を脱ぐべきか迷ったけれど、郷さんが土足で上がったから、私も靴のまま。

急な角度の階段を静かに上がろうとしても、古いせいでミシリミシリと音が鳴る。

物置部屋と化した狭くて暗い板の間に、郷さんは横たわっていた。一階からの灯《あか》りだけでは、丸まった背中がうっすら見えるだけ。

私はその場で正座して、おずおず頭を下げた。

「ごめんなさい」

返事はない。

「……私が弟の話をちゃんと聞かなかったせいで、こんな事態を引き起こしました」

目頭に力を入れていないと、泣きそうだった。

郷さんが幽霊が苦手なことを知っていた。だから違う人に幽霊相談をしたのだけれど、もっと早く言えばよかった。

人嫌いだから人付き合いがへただと、初めに聞いた。引っ越しの挨拶でそんなことを言い出すだけの過去があったのかもしれない。

トラウマを重ねさせる結果になってしまったことが、つらい。

「……こうなってんのは、俺のせいだから。気にしないで」

うつろな声が答えた。

「気にしますよ。だって、郷さんはぜんぜん悪くないんだから」

私は言いながら、落ち込んでくる。

「郷さんの体調が戻ったら、ちゃんと謝りに来させます」

「いや、本当に俺のせいだから……」

「どうしてそんな頑固なんです？　優しくされても、こっちが困ります」

「……優しいやつは、帰れなんて言わないでしょ」

「言いますよ。しんどいときは言ったらいいんです。けど、……このまま帰るのも、不安で。何か欲しい物はありませんか？」

「寝てたらよくなるから」

「そう……ですか？」

「明日から、ふつうになるよ」

いつも変な人だから、ふつうと言われてもよくわからない。

それに先日のストーブ事件もあり、健康管理能力において、郷さんの言葉には信憑性《しんぴょう》がなかった。

私は帰るタイミングを摑めず、そのまま居座る。

辺りはすごく静かで、一階で動くエアコンの音だけが漏れ聞こえてくる。沈黙がこのまま永遠に続くように感じられた。

「俺がこうなったのは、今日だけのことが原因じゃなくて……」

言いかけたものの、郷さんは思いとどまって口ごもる。

……今日だけじゃないって、どういうこと？　もっと前からストレスを溜めていたのだろうか？　正直、思い当たるふしはたくさんある。

「教えてください。私、聞きたいです」

聞くのが怖いが、聞かないほうがもっと怖い。

「……じゃあ、話すけど、話の途中でも帰ってくれたらいいから」

と前置きし、それから郷さんが話してくれたのは、私と出会う以前から今日にいたるまでの長い話だった。

4

郷さんのお父さんは起業家だった。中卒で働き始めたため、苦労も多かったらしい。建築現場を職人として経験したあと、自分の会社を立ち上げた。結婚したのは遅く、郷さんが生まれたのは五十歳を過ぎてから。

二十八歳下の妻を周囲には「金目当ての女」だと触れ回っていた。実際、結婚する前から妻の実家にお金を貸していたことが、結婚理由に影響している。

会社でも家でもワンマンな父と従順な母。そんな両親の下で育った郷さんは、学歴至上主義を叩き込まれた。

父は、自分が苦労した経験から。母は、夫の理想の息子を育てるために。

年を取るほど、父の傲慢《ごうまん》さは増した。郷さんが高校生になると、家では毎日のように怒鳴り声が響く。口汚くののしる父から母を何度も庇《かば》っていたある日、学校で共依存という言葉を知った。特定の相手に強く依存した精神状態や、その関係性を言う。

ずっと、母は父の被害者だと思っていた。でも冷静になって家庭を観察すると、母がわざと父を怒らせているときがあるとわかる。郷さんが庇うことで、息子の愛情を確認するように。それに気づいたとき、心底ゾッとした。

自分が家にいないほうが、両親はうまくいく。でもそんなのは建前であって、本当はただ逃げ出したかった一心だ。見栄っ張りな父が息子に進学を許す大学先リストの中で、地元から一番距離の離れた大学が、京大《きょうだい》。

学費以外を受け取る気がなく、バイト代で賄《まかな》える学生寮に入った。環境が変化したせいか、身長が一気に伸びた。入学時の百六十センチから、一年で百七十五センチに。卒業するまでにさらに八センチも伸びた。膝関節がひどく痛み、まともに歩けない日々が続く。

通うつもりもなかった大学だが、いざ通えないとなると悔しかった。広い吉田《よしだ》キャンパス内で台車に乗って、同じ行き先の人に運んでもらう。台車を押してくれたひとりが、東さんの孫だった。彼は同じ学生寮の学生で、元は違う部屋の住人だったのに勝手に相部屋相手と相談して、郷さんの部屋に引っ越してきた。

彼のことを郷さんは「東」と呼ぶ。苗字で呼び捨てにするところが、男同士の友情らしいと私は思った。――でも、話を最後まで聞いたとき、私は郷さんが一度も東さんを「友達」と言わなかったことに気づいた。ふたりの関係は私からすれば、友達であり親友なのに、郷さんは一度もそう言わなかった。

「東」

それしか言わなかったし、言えなかった。

東さんは一浪して一歳上だが、郷さんと学年は同じ。よくしゃべり、よく笑う、いわゆる関西人のイメージそのままの男。

何かと兄貴風を吹かせ、京都住まいに慣れない郷さんをあちこち連れ回そうとした。彼の天真爛漫《てんしんらんまん》なふるまいが、郷さんにとっては迷惑だったそうだ。

そのときの心情をこう言った。

「まともな愛情を受けて育った、ゆがんでないやつだったから」

いいやつだと思うたび、自分はこうはなれないと思い知る。

地元には友達がいた。でもみんな、郷さんの家庭事情をそれとなく知った上でだ。

東さんに自分の境遇を話せば、その途端に遠巻きにされるか、うっとうしいほど同情してくるか、どちらかに違いないと思った。

夏になって、「帰省しないの?」と聞かれるのが嫌だった。

悪気なくそう聞く人には帰る家がある。帰りたい場所がある。けど、郷さんにはない。

寮生が帰省し出す前、冷蔵庫をからっぽに平らげる酒盛りに郷さんも参加した。未成年だが酒も飲んだ。そこへ東さんが現れて、部屋まで強引に担《かつ》ぎ運ばれた。

いい気分でいたのに、同学年相手に頭ごなしに怒られ、子ども扱いされたことに腹が立った。酔った勢いのまま、郷さんは自分の境遇を話した。

「苦労知らずのお前にはわからない。いっつも押しつけがましいんだよ！」

言ってやったと思った。でも目を丸くした東さんを見て、すぐに嫌な気分になった。慣れないアルコールのせいかもしれない。

ずっと胸に秘めていた言葉のナイフは、自分に向かって突き刺さる。

東さんはあきれたように言った。

「押しつけがましくて当たり前やん。俺が俺のためにしてるんやから」

「……何？」

「しかも苦労知らずってなんやねん。こっちは一浪しとんねんぞ。中坊みたいなナリしてストレートで入ったやつに言われたないわ。……ただの優等生のおぼっちゃんならともかく、台車転がしてでも勉強したいやつなんか、ほっとかれへんやん。俺が枕高くして眠るために手ェ貸しとるだけや」

東さんは徹底して、「人助けは自分のため。俺のエゴ」と胸を張る。

たとえば満員電車でお年寄りに席を譲らなかったことで、のちのち罪悪感を抱くぐらいなら、席を譲ったほうがスッキリする。親切心からの行動ではなく、あくまで自分が気持ちよく生活するためだ。

そんな論法、郷さんは初めて聞いた（もちろん、私も）。

でもこれ以上なくわかりやすい動機で、いかにも東さんらしかった。

その日から、郷さんは少しずつ打ち解けるようになった。ボランティア活動にもいそしむ東さんだったが、誰かのためにというよりは、やはり自分のため。

秋口に街頭で募金活動する東さんを見かけ、郷さんは長年の疑問を聞いた。

「ここで立っているより、家庭教師でもしたほうが稼げるだろ」

「俺が稼がれへんようになったら、そこでおわりやん。周知するのが大事やねん。お前みたいに思うようなやつがおるのもやっぱり、俺がここで募金を呼びかけとるからやろ？

俺ひとりでおわったら意味ないねん。ちゃんと、つながなあかん」

郷さんはその言葉に納得し、一緒に立って募金を呼びかけた。それからというもの、東さんは郷さんをボランティア活動に誘うようになった。学童クラブ、子ども食堂、障がい者就労支援施設など、地域に根差した取り組みに力を入れた。

そんな東さんだから、いろんな人に慕われ、服や靴はもちろん、手回り品はもらいものばかり。財布やカード入れは子どもからプレゼントされた折り紙だし、手作りブレスレットは見るたび増えている。ビーズ、リボン、それに組紐。

　寮の部屋は狭いので、プレゼントが溜まると、東さんが決まって持って行く場所があった。それが、祖父母が経営している理髪店の二階だ。郷さんも何度か、付き合ったことがある。

　まるで時間が昭和で止まったような店だった。鏡の下にシャンプー台があり、うつ伏せでシャンプーするスタイルは最近だとなかなか見られない。日焼けしたカット見本も四半世紀以上前の物。

　おばあさんは「また持ってきたん？　天井が抜けてしまうわ」と言いながらも、孫が慕われていることがうれしそうだ。

　寮に戻ると、東さんは理髪店を継ぎたいんだという夢を教えてくれた。

「浪人したとき、ずっとあの二階で勉強しててん。ばあちゃんの笑い声や、じいちゃんのハサミの音を聞いてると、なんや集中できて。卒業したら、資格取って、店を継ごかなと思ってる。京大卒の理容師って、評判になりそやろ」

「キャッチコピーのためだけに、京大？」

「親から逃げてきただけのお前に言われたないわ」

　あけすけな東さんだから、郷さんも気負うものがどんどんなくなる。

周りに目を向けると、さまざま事情を持つ人がたくさんいた。大学には日本だけじゃなく、海外からも人が集まる。自分が特別に不幸なひとりじゃないと知った。今を楽しんで生きてもいいんだと、わかる。

東さんに髪を切らせてくれと頼まれたとき、言うだけの腕を期待していたのに、結局、丸刈りにするしかなくなった。

「経営より実技を学べよ」

「腕の立つ嫁さん探すわ」

たしかにそっちのほうが早そうだと、郷さんは思う。東さんは誰にでもモテた。

一年もすると、郷さんは京都暮らしにもすっかり慣れた。

新しい友達もできたし、バイトも忙しくて、東さんからの誘いを断ることが増えた。でもそれがきっかけで気まずくならないのが、ふたりの関係だ。

「また声かけるわ」

と、東さんはいつも言う。

二度めの夏が来て、郷さんに気になる女性ができたとき、東さんから海に誘われた。

初めて名前を聞くような離島で、島おこしのインターンシップをすれば、滞在費が無料になる。空いた時間は好きに遊べるらしく、おもしろそうだし、了承した。

前期末試験がすぐに始まり、それがおわると夏休みになった。忙しさの中で忘れていた東さんとの約束を思い出したころ、その一報を寮で聞いた。

遊ぶ約束をしていた海の沖で、東さんの遺体が見つかったという。

でも約束の日はまだ先だ。東さんの島行きを誰も知らなかった。寮のみんなが又聞きしただけで、正確な情報は出てこない。

東さんの祖父母が経営する理髪店に郷さんが行くと閉まっていたが、おばあさんはそこにいた。おじいさんは息子夫婦と遺体確認に行ったらしい。

いつも笑って出迎えてくれたおばあさんが郷さんの顔を見ると、その日は言葉もなく、ハラハラと涙を流した。お互いに不安で、どちらからともなく手を握り合う。

電話を待つ間、郷さんは心のどこかで、違う人間でいてくれと願った。

間違いであってくれ、と祈った。

そうして長い時間が経ち、店の電話が鳴った。まだ現役の黒電話の鋭い音。まるで断末魔の悲鳴のように聞こえたそうだ。

青ざめて動けないおばあさんに代わって、郷さんが電話に出る。そのとき、そばにあった卓上カレンダーが目に入った。――数字と関連づける記憶術を持つ郷さんが、その日付を私には語らなかった。忘れられない数字の記憶を私にも植えつけたくなかったんだろう。

受話器から聞こえてくる声は低く、くぐもっていた。それが、郷さんが初めて聞いたおじいさんの声だった。

水死体の顔は原形をとどめていない状態だったが、その手首には、荒波に揉まれても切れなかった紅白の組紐があったという。

5

郷さんは私に背を向けたまま、用意された原稿を読んでいるかのように淡々《たんたん》と話した。ニュースを伝えるアナウンサーのように。

自分に起きたことじゃないみたいに。

そうやって、感情的にならないよう話すだけで精一杯らしく、体はだらりと弛緩《しかん》させる。正座する私が膝の上に置いた手は、いつの間にかスカートを握っていた。心のよりどころが欲しかったんだろう。プリーツに深い皺ができている。

ずっと知りたかった郷さんの過去は、予想したものとぜんぜん違った。

摑みどころがなくて、それでも優しくて、変わり者で、けど憎めなくて。

そんな性格に育ったのは、何不自由ない環境でのびのびと生活していたからだろうな、と思っていた。でも実際は、真逆と言っていい。

店の前を車が通るたび、音とかすかな光が窓から入り込む。静止画のように動かない郷さんからは、なんの感情も読み取れない。

目測二メートル。

そんな距離さえ、私は縮められないでいる。

「東の葬儀には大勢が参列した。いつも俺のためだって言っていたやつだったけど、そんな東に救われた人間はやっぱり多かった。みんな泣いてたね。俺は泣けなかったけど。東のおばあさんが俺を見つけて、なんでか、『ありがとう』と何度も言われて、そしたら初めて実感したよ。死んだんだって。四十九日が過ぎて、相部屋のよしみで俺が遺品整理した。東が亡くなってから、俺は部屋に帰れなかったから、部屋中ひどい臭いで。……雛ちゃんはさ、あのノートの束から日記を見つけたけど、俺はスケジュール帳を見つけた」

急に名前を呼ばれ、思わず返事しそうになった。

でも、下唇を噛んでいたせいで、声は出なかった。身動きすると、泣いていることがばれる気がして動けなかった。

私が同情して泣いているなんて勘違いをされたくなかった。泣いているけど、同情じゃない。この気持ちにはもっと別の言葉をつけてあげたい。でも今は何も浮かばない。

ただ勝手に涙がこぼれる。

「東は俺が失恋するって決めてかかってさ。顔が広いやつだったから、耳ざとくて。あいつは俺を励ますつもりで海に誘った。先にひとりで島に行ったのはその下見。……あいつをひとりで死なせた原因は、俺だったんだ」

心臓がギュッと痛くなる。

声を出せば、涙声になることはわかっていた。でも私は言わずにいられなかった。

「郷さんのせいなんかじゃ、絶対、ない、です」

「……同じことを言われたよ。東のご両親にもおばあさんにも。本当は恨み言を言いたかったはずだ。でもそんな気力もないらしかった。おじいさんが俺をずっと睨《にら》んでいたけど、俺はそれに安堵《あんど》した。許されるより責められるほうが、気が楽だったから。でもそんな弱音さえ、見抜かれたんだろうね。言われたよ。『懸命に生きてくれ』。その日から、ずっと考えているんだ」

言いそうだな、と思った。本当にあのおじいさんらしい言葉だ。

「形見分けに何かくれると言ってくれたけど、俺は何も思いつかなくて保留にしてもらった。東がやり残したことをひとつずつこなしていたら、その縁で骨董《こっとう》市に出入りするようになった。頭にはいつも、保留にした形見分けのことがあったせいか、いろんな物が気になったよ。骨董商のひとりに目をかけてもらって任された店も、うまくいかなかったなあ……。そんなとき、東の夢を思い出した。あの店を継ぎたかったあいつの代わりに、この場所で、人の思いをつなぐ店をやりたかった。たとえ特別な価値がなくても、生きた記憶が残った品物を扱う店」

こうしてやっと、私が知る郷さんにつながる。

本や映画ならば、トラウマを乗り越え、前に進んでいく希望のシーンだったはずだ。でも語り口調はやはり変わらない。

親友の志《こころざし》を継いだ店を持ったことさえ、郷さんにとっては明るい兆《きざ》しじゃなかった。そしてそれはおそらく、今日にいたるまで、ずっと。

「俺はね、一個だけ、決めたことがあるんだ。周りの人が俺を許してくれるから、俺だけは俺を許さない。そうやって生きていこうと決めたのに……、この店を恨んでいる幽霊が出るって聞いて……東の顔が浮かんだ」

郷さんの声が初めて揺れた。

自分のせいで友達を死なせたと言ったときでさえ、変わらなかった口調が揺らいだ。

「あいつは絶対そんなやつじゃない。化けて出られるなら、人助けでもしてるよ。東はそういうやつだ。死んだって変わらない」

でも数回の浅い呼吸ですぐ、悲痛な感情の色も消える。

まるで、砂浜に書いた文字が波でさらわれてしまったように、また本心が見えなくなる。

郷さんは今まで何度もこうやって、自分の思いをコントロールしてきたんだろう。

「俺は、東さんがブレスレットをつけているところ、見たことなかったんだ。今まで何度も会ったのに、俺の前では必ず外している。ずっと気を遣われていたんだね。なくしたんなら、本当は俺にも探してほしかっただろうに、何も言ってもらえなかった……。だから、ただの自己嫌悪中。東や東さんに報いているつもりで、ぜんぜん違ったたって気づいただけ」

長い語りが存在しなかったような明るさが声に戻る。

今まで知りたかった情報のピースは、これで出そろった。

郷さんが京都に店を持った理由、ガラクタだらけの品ぞろえ、広い人脈。

それなのに、今まで以上に郷さんが遠く感じられた。

郷さんは本当に、明日は『ふつうになる』つもりだったんだろう。

親友の死を自分のせいだと思い込んで、自分を許さないで。たぐいまれな記憶力のため忘れることさえできず、それでもいつもみたいに笑って。

それが、郷さんにとっての『ふつう』。

……なんのために、私は今まで本を読んできたんだ。

こういうときに何か言ってあげるために、言葉はあるんじゃないの？

正座し続けた足がしびれる。涙で濡《ぬ》れた顔を手の甲《こう》で拭き、郷さんに向かって少しにじり寄ると、古い床板がきしんだ。

私はおそるおそる手を伸ばす。

初めて触れた郷さんの頭は、剛毛でごわついていた。妹や弟とは違う感触。

触れた瞬間、体が少しだけこわばったものの、郷さんは私に撫《な》でられるままにする。振り払うのさえ、面倒なのかもしれない。

暗く、静かな二階で、郷さんの頭をぎこちなく撫で続ける。

結局、言葉なんて出なかった。

頭より先に体が動いた。妹や弟たちを慰めるときのいつもの癖。頭を撫でて、涙を受け止める。さんざん泣いたら、それで少しはすっきりするから。

……郷さんも泣いてくれれば、いいのに。

でも大人の男性は、年下のご近所さんにこんなことをされても泣かない。

考えてみれば当たり前なのに、そんな当たり前がさみしい。

私じゃあ、郷さんを泣かせられない。心の重荷をほんの少しでも、持ってあげることもできない。

ずっと撫でていると、少しずつ指通りがよくなっていく。そんなことに私が慰められてどうするんだ。

「……郷さんは人嫌いじゃなくて、自分が嫌いなんじゃないですか？」

「それもあるけど、人も嫌いだな。……好きになるのも好かれるのも怖くて」

「そんなこと言わないでください。私、郷さんのこと好きですよ」

「ありがとう」

照れのない、なんの重さもない返事だ。

そうなったのは、私の言葉に重さがなかったからだろう。

郷さんが言う人嫌いは、人間不信とは違う。外側に向かう拒絶じゃなくて、内側に向かった拒絶。傷つけられるのが怖いんじゃなく、傷つけることが怖い。自分のトゲで大切な人を刺すことをおそれる、ヤマアラシのジレンマだ。

……そんな心配、せめて私にはしなくていいのに。

どう言えば、それがうまく伝えられるんだろう？

郷さんにとって、失った東さんの存在があまりにも大きすぎた。けど、会ったこともない人のマネなんてできないし、キャラの方向性も違いすぎる。

人助けは自分のエゴ——か。

私にできることはなんだろう？　ふと、ある思いつきが頭によぎる。我ながら、バカじゃないかと思うような発想だ。

「じゃあ、私が郷さんを嫌いになるってことでひとつ、どうですか？」

どうですかじゃないよ、と内心、自分にツッコむ。でも冷静になったら負けだと思い、完全な見切り発車のまま、続けた。

「周りが許してくれるから、郷さんは自分を許せないんでしょ？　私がそれを請け負います。大丈夫です、安心してください。私はすっごく根に持ちます」

郷さんはこっちを向かないけど、私は笑顔を作る。

出会った日を思い出した。雨の中、我が家にやって来た不審者。初めはそう思った。顔を隠すような大きなサングラスは、閉ざした心の象徴だったのかもしれない。

約三カ月間を振り返ると、すべては私の口八丁から始まった。

「友達に最新グルメを教わったんで、今度食べ歩きしましょう。一緒に行列にも並んで。で、辛口批評してください。そしたらもう、私は郷さんをすっごい嫌いになりますから。郷さんはフルーツは何が好きですか？　友達に聞かれても、答えられなくてなんだかさみしかったのに、まさかそれを聞くより先に、トラウマ話を聞かせてもらうなんか、私、……ぜんぜん、予想……してなくて」

うまく言えるつもりでいた。でも、思いが空回りして、つっかえてしまう。

顔は無理矢理笑ったまま、涙がこぼれ続けた。

ダメだな、私。文化祭の朗読劇じゃあ、アドリブ力までは培われなかった。どんどん、何も考えられなくなる。

「悲しいこと、言わんといてくださいよ。だって、自分が許されへんとか、誰も望んでません。ちゃんと自分のことも他人のことも好きになって」

借りてきた言葉じゃダメだ。飾った言葉なんて無意味だ。

私という人生の重さがないと、熱は入らない。

伝えられない。

「だって私、郷さんが好きやもん」

やけっぱちな気分で、郷さんの髪をぐしゃぐしゃにする。

さすがに耐えかねたのか、郷さんが飛び起きた。

私のせいで頭はボサボサ。

郷さんはぎくしゃくと私を振り返ると、さし向かいに正座した。

夜目に慣れたせいで、郷さんの伏し目がちの気まずそうな顔が見えた。

「……ごめん、今まで雛ちゃんをそういう目で見たことがなくて」

「いや、告白ちゃうから！」

私は思わず声を荒らげてツッコんだ。一気に顔が熱くなる。

「人間としてです！　人間愛。隣人愛です。郷さんのことをそういう目で見たことなんてないです。と言い切れなくて口を濁《にご》す。

……」

郷さんはボサボサの頭を右手で撫でつけながら、

「わかってる。照れ隠し」

視線はまだ、膝に置いた自分の左手を見ている。東さんの組紐を大切に包んでいる手だ。

たぶん、郷さんは私といつもの軽口をやりたかったのだ。

もう心配はいらないと、私に知らせるつもりで。

でも、一度オフになった愛想スイッチはなかなか戻らない。

それでやっと、郷さんの摑めない性格の理由がわかった気がした。

誰かを好きになるときの、柔らかくてあたたかな気持ちを凍らせているから、郷さん自身さえも、本当の自分がわからない。

推理と呼ぶにはお粗末で、なんの確証もないけれど、現時点では一番腑に落ちる答えだ。

私が出会った、生まれて初めての日常の謎は、たとえようのない孤独を抱えた人に行き着いた。

でもまだ、エンドマークは打ちたくない。

「私の弟になりませんか?」

真顔で聞くと、郷さんは二階に来て初めて私を見た。それだけのことが、また泣きそうになるほど、うれしい。

「もしくは友達。嫌いとか好きとか、そんなのどうでもいいぐらい、私は郷さんのことが大切です。だから、嫌なんです。私の知らないところで傷ついているとか、放っておけません。私、長女なんで、お姉ちゃんなんで。今更、面倒を見る相手がひとり増えたぐらい、気にしません。どんと甘えてください」

さあ来い、と両手を広げてみたけれど、もちろん郷さんは私に抱きつくことはなかった。ただポカンとして、

「……雛ちゃん、俺、今年二十五だよ」

「お姉ちゃんは、年齢で差別しません」

「ひげも生えているし」

「それは剃《そ》ってくださいよ。さあ甘えるがいい! 新しい弟よ」

言いながら、自分でもおかしなテンションになっていた。

両手を広げたまま、膝立ちでじりじり近づくと、郷さんは大きな体を縮める。

「……弟は勘弁してください。友達で」

「聞こえない」

「友達で！」

「もっと大きく！」

「友達になりたいです！」

暗がりでふたりきりなのに、郷さんのほうがおびえていた。

成人男性と女子高生がいれば、ふつうは逆じゃないかなと思ったものの、これが私たちの『ふつう』なんだ。

私は両手を膝の上に置き、座り直した。

「じゃあ今から友達なので、郷さんの友達からひとつ言わせてください」

「何？」

また無茶な要求をされるのかと、郷さんは身構える。

「郷さんが自分を許せるようになる日まで、そばにいます」

友達だった東さんができなかった分まで、と心の中でだけ付け足す。

郷さんは虚《きょ》をつかれたようにして、それから組紐を包む手を見た。指をゆっくり広げる。

私にとっては用途のわからなかった紐。

おじいさんのほうの東さんにとっては、孫の遺品。

郷さんにとっては、つらい記憶のトリガー。でもけして、そこから目をそらすことはない。忘れられる日も、きっと来ない。

でも、だからこそ、私は決めた。

「郷さんの友達として、私がそばにいます」

私が郷さんの肩に優しく手を置くと、まるでそれが合図だったかのように、郷さんの瞳から涙が伝い落ちた。

エピローグ

友達宣言をしてから、なんとなく気まずい。

だって、「弟になりませんか？」だよ。何言ってんだよ、私。あとになって恥ずかしさが込み上げる。

あの日の翌日から、古道具屋石川原《いしかわら》は臨時休業に入ってしまった。ホームページには『遅めの夏休みを五日間いただきます』と書いてあった。けど、その休みも明日でおわる。

郷《ごう》さんに報告したいことはいくつかあった。まず、弟の船太《こうた》のこと。どうして私の帰りを待たずに、あんな凶行に及んだのかと聞けば、

「外だと気取って標準語をしゃべっとるようなやつを信じられへんやん」

と、ぬけぬけと言った。

「はあ？　私のは、ただのＴＰＯやし」

「何がＴＰＯじゃ。それが好かんねん。これやったら、小生《しょうせい》ちゃんのほうがマシや」

「私の友達を変なあだ名で呼ぶな！」

これは、中学生時代の薫《かおる》の一人称が『小生』だったことに由来する。薫がうちに遊びに来たあと、母がそう呼び出して、家族に広まった。

「星海《きらら》がお前のマネして、ウチって言い出しよったのに、お前はなんで私やねん。きららはね、って言うてるほうが星海らしくてよかったわ！」

「あんたが俺って言い出したから、琢磨《たくま》も雅紀《まさき》もマネしたんでしょ！　ボクって言ってた時期のほうがかわいかった！」

ずっと溜まっていたうっぷんをぶつけ合った。ブラコンでシスコンだということしか、わからなかった。

お互い子どもで、思春期で反抗期だ。喧嘩《けんか》するほど仲がいいと言うし、会話がないよりも、伝えようとするほうが大事だと思うことにする。

でも、『自分の思いが伝わる言葉』と、『自分の言葉』はおそらく違う。

たとえば先日、双子の弟たちを捕まえて、こんなふうに怒った。

「あほなことばっかりしな！」

これはつまり、『するな』という意味なのだけれども、関西圏以外では『しなさい』という意味かと誤解されそう。

たくさん勉強するだけでなく、たくさんの人と出会って、たくさんの価値観を知ったら、自分の思いをちゃんと伝えられるようになるのだろうか？

悩んだ結果、高校の文芸部の見学に行き、その日のうちに入部を決めた。

今年の文化祭はすでにおわっているけど、来年の部誌には参加するように言われた。書評でも、小説でもなんでも。

読書感想文しか書いた経験がないので無理だと言えば、泉《いずみ》先輩が、

「まずは、日記みたいに書いてみたら？　最近あったこと、気になったこと、楽しかったこと、苦しかったこと。初めは誰の目も気にせえへんと、自分のペースでええし。もし見せてもええかなって思ったら、ウチにも見せて」

「実話ベースだと、間山《まやま》さんは恋バナになっちゃうかもね？」

と、烏丸《からすま》先輩が訳知り顔で言うと、泉先輩はそっち方面も好きらしく、目を輝かせた。

私が書くとしたら、それは郷さんとの出会いの話だ。冒険譚《ぼうけんたん》なのか、日常ミステリなのか、恋バナなのか、とりとめのない日記なのか、まだわからない。ジャンルなんて、エンディング次第で印象が変わる。

私が古道具に興味があると話せば、泉先輩がいくつか本を貸してくれた。読んでみると、骨董《こっとう》という言葉の由来が書かれていた。

もともと話し言葉が先で、あてた字には意味がない。『汩薫《こっとう》』、又は『古薫《こっとう》』とも書かれた。気になって辞書を引くと、『圀薫《こっとう》』から転じた言葉と紹介されている物もあるし、そうとは書かれていない物もある。

意味だって、『美術的な価値がある古道具』とだけ書いてあったり、『古いだけで価値がない古道具』と併せて掲載されてたり、いろいろだ。

私は長らく、骨董には価値があって、ガラクタには価値がないと思っていた。でも異なるふたつの言葉は、同じ意味を持っている。

その発見に私は驚いたし、納得もした。

物の価値や言葉の捉《とら》え方が人によって変わることは、身をもって学んだから。

金曜日の放課後、学校帰りにいつもの習慣で、古道具屋石川原のガラス戸を振り返った。でも看板代わりの貼り紙はない。

営業予定は明日からだ。わかっていたのにがっかりする。

でもいざ会えたとして、うまく話せるだろうか。手のひらは、郷さんの頭を撫《な》でた感触を覚えている。

歩き出そうとしたら、前方に郷さんが見えた。長い足を大きく動かし、ちょっとした駆け足でこっちに向かってくる。心の準備をするひまもない。

郷さんの表情は明るくて、私を見つけたことがうれしそうだった。目の前で立ち止まると、ぶら下げていたスーパーの袋を掲げ、

「雛《ひな》ちゃん、スイカ食べない？」

開口一番がそれ？

何かあるでしょう、もっと言うべきことが。

久しぶり、とか。元気だった？　とか。

この間はごめんね、とか。ありがとう、とか。

でもそんな私の複雑な心境をまったく察することなく、

「下の子たちと一緒にどう？　スイカ、嫌いだった？」

なんて言って、小首をかしげる。

いやいや。

いやいやいやいやいや。

もうすぐ二十五歳の無精《ぶしょう》ひげの大男がそんなポーズしても、あばたもえくぼで、めっちゃかわいく見えるから、そんな自分に腹が立つ。

二階での夜は、あえて触れないつもりなのだろう。それなら私もそのつもりで話す。

「スイカは好きです。というか、割となんでも好きです」

「だから俺のことも好きなんだね」

……言っちゃうんだ。というか、スイカと同レベルでもいいのか、あなたは。

「郷さんがすっかりお元気そうで、何よりです」

ちょっと皮肉っぽい響きになった気がしたが、告白した相手にイジラレたあとなので、許してほしい。私ひとり、変に意識していたのが恥ずかしかった。

「空元気かな。これから東さんご夫婦が来るんだよね。少し緊張してる」

「あ、組紐《くみひも》を取りに？」

「いや、それはもう渡してある。ただ、俺の暮らしぶりが心配なんだって。断っても、いつも箱入りラーメンの差し入れをくれるし、困っちゃうよね」

そのときの郷さんの表情はなんていうか、年長者からの愛情に戸惑うような、それでいてくすぐったそうな、そんな顔だった。

私が心配するまでもなく、東さんたちと郷さんとの関係は良好なようだ。

「つまり、私をスイカに誘ったのは、ご近所さんとうまくやってるアピールのためですか？」

「……その下心がまったくないとは言わないけど、今日、辛口じゃない？　雛ちゃんから、言葉のトゲを感じる」

「友達には遠慮しないんです、私」

「じゃあ、仕方ないか。俺が慣れるようにするよ」

やけにあっさりと郷さんが言う。

じゃあ、友達はやめようとは言われなかった。そもそも、『友達』を否定しなかった。

それがうれしくて、顔がにやけそうになるのを我慢する。

「東さんたちはいつぐらいに来るんですか？」

「あと一時間後」

「弟も会いたがると思うんで連れて行きます」

「それってこの間の？」

「この間のやつもいますし、そうじゃないのもいますけど……、この間のやつは嫌ですか？　トラウマになってます？」

「なってないよ。でも塩の持ち込みは禁止で」

「了解です」

郷さんはすっかり本調子を取り戻したみたいだった。ホッとしたのもつかの間、別れ際に爆弾を落とした。

「よかった、雛ちゃんとふたりで会うのはちょっと気まずかったから。ふつうに話してくれて安心した。またあとで」

郷さんは明るく言って、鍵を開けて店に入っていく。

その場に取り残された私は、ガラス戸が閉まるのをポカンと見ていた。

ふたりだと気まずい相手を誘うなよ……。

そんなツッコミも、聞いてくれる相手がいないとさみしい。

郷さんを少しはわかったつもりでいたけれど、彼を知るには、ひと夏ぐらいじゃ足りなかった。たぶん、来年も同じことを思ってそう。こんな人と友達付き合いするなんて、この先、心配しかない。

そう思ったのに、ガラス戸に映った私の顔は笑っていた。

取り組むべき謎を見つけた探偵はきっと、こんな晴れやかな顔をするんだろう。

参考文献

『祇園祭　2017』（2017年、四条繁栄会商店街振興組合）
『京都大文字五山送り火』　京都市文化観光資源保護財団編　大文字五山保存会連合会編（2001年、光村推古書院）
『京都　左京　あゆみとくらし』　宇野日出生（2016年、京都市左京区役所　地域力推進室）
『皇軍兵士の日常生活』　一ノ瀬俊也（2009年、講談社）
『戦争のなかの京都』　中西宏次（2009年、岩波書店）
『女學生手帖　大正・昭和　乙女らいふ』　弥生美術館編　内田静枝編（2005年、河出書房新社）
『「少女」の社会史』　今田絵里香（2007年、勁草書房）
『口語民法　新補訂版（口語六法全書）』　高梨公之監修（2012年、自由国民社）
『ヤミ市　幻のガイドブック』　松平誠（1995年、筑摩書房）
『京都職人　匠のてのひら』　高階秀爾、大野木啓人監修、サクラエディトリアルワークス編著（2006年、水曜社）

『わたしって共依存?』 河野貴代美（２００６年、日本放送出版協会）
『日本の名随筆５ 陶』 白洲正子編（１９８２年、作品社）
『骨董裏おもて』 広田不孤斎（２００７年、国書刊行会）
『新訂 字統』 白川静（２００４年、平凡社）
『シャーロック＝ホームズ全集１ 緋色の研究』 コナン・ドイル著、各務三郎訳（１９８４年、偕成社）
『少年探偵団』 江戸川乱歩（１９９８年、ポプラ社）
『獄門島』 横溝正史（１９７１年、角川書店）
『走れメロス』 太宰治（２００５年、新潮社）
電子政府の総合窓口 e-Gov ホームページ http://www.e-gov.go.jp/（最終検索日：２０１８年１月25日）
叡山電車ホームページ https://eizandensha.co.jp/（最終検索日：２０１８年１月25日）

小説内で記載した占出山《うらでやま》のわらべ歌の歌詞は、占出山保存会の岸田《きしだ》様より教えていただきました。古いノートを片手に突然訪問した私に優しく応じていただき、ありがとうございます。

※この作品はフィクションです。実在の人物・団体・事件などにはいっさい関係ありません。

集英社オレンジ文庫をお買い上げいただき、ありがとうございます。
ご意見・ご感想をお待ちしております。

● あて先
〒101-8050　東京都千代田区一ツ橋2-5-10
集英社オレンジ文庫編集部 気付
杉元晶子先生

京都左京区がらくた日和
謎眠る古道具屋の凸凹探偵譚

集英社
オレンジ文庫

2018年7月25日　第1刷発行

著　者　杉元晶子
発行者　北畠輝幸
発行所　株式会社集英社
〒101-8050東京都千代田区一ツ橋2-5-10
電話【編集部】03-3230-6352
【読者係】03-3230-6080
【販売部】03-3230-6393（書店専用）
印刷所　凸版印刷株式会社

※定価はカバーに表示してあります

ISBN 978-4-08-680203-1 C0193